在流星雨中逝去的妳 3

She was killed by shooting stars.

松山剛
[插畫] 珈琲貴族

Kadokawa Fantastic Novels

「醫師的生活安定有保障。但是我想畫畫。」

——手塚治虫

【recollection】

認識學長的那一天，我到現在還記得清清楚楚。

雖說到了現在，當時的來龍去脈已經弄不清楚，但當時我大概三歲，在老家的簷廊嚎啕大哭。因為那天是祖父喪禮守靈的日子，不知道是想念祖父而哭，還是被喪禮的悲傷氣氛影響。媽媽忙著應付參加者與親戚，所以請住在附近的平野伯母照顧我。

當我在簷廊哭了一會兒。

忽然間，一個陌生的男生出現在眼前。當時我還不知道他是平野伯母的小孩，抬頭看了一眼，又哭了起來。

「零食，要吃嗎？」這時學長拿了甜餅乾還是比司吉給我，但我看也不看一眼，哭個不停。

學長在我身邊坐下，然後喃喃說了一句：「喪禮，很無聊吧。」我想學長一定不知道我是惑井家的女兒。有很多親戚來自遠方，除了我以外，還有年紀很小的小孩。

「妳可以看看星星。」

「……咦？」

「我喜歡的太空人啊——」學長仰望著天空。「說遇到難過的事情時，就會看星星。說這樣一來，星星都一直在一樣的位子發光，會覺得好像星星在保護自己，就會打起精神來。」

「星星……」我仰望天空。天氣並不是那麼好，所以看不太清楚，但還是看得到幾顆星星。

「那是『天琴座』的ε（Vega），就是織女星。然後斜斜下來一點是『天鷹座』的河鼓二（Altair），就是牛郎星。兩顆星星被天河隔開，只有在每年一次的七夕可以見面。然後，夏季大三角就是……」

學長指著夜空，開心地為我說明星座。像是織女星（Vega）、牛郎星（Altair）、天河這些名稱，總覺得我都是在這個時候才第一次聽到。

不知不覺間，眼淚已經止住。我仰望星空，心無旁騖地聽著學長說話。

我想我就是在那個時候喜歡上了學長。還記得不知不覺間握住了學長的手，覺得好溫暖。

後來，我們經常一起玩，我稱學長為「大哥哥」，成天跟著他跑。我們一直在一起，就像兄妹一樣長大。我一直以為將來我會成為學長的新娘。

可是學長眼裡——

第一章　BOT

1

二〇一七年十一月一日十五點三十六分。

螢幕上有電子數字滾輪在跑。

【98．50分】

隨著噔噔幾聲廉價的音效，畫面上飄起了櫻花雨。「本日最高得分！」的字幕就像快報似的跑過。

「朝陽真有一套！」

涼介鼓掌炒熱氣氛。坐在他身旁的伊萬里也歡呼：「朝陽好厲害～～！」

「嘻嘻嘻，算還可以吧～」

雙馬尾的少女——同班同學恆野朝陽以不否認的表情回到座位上。她翹起修長又白嫩的大腿，拿起時髦的紅寶石色飲料潤了潤喉嚨。唱完一首歌後，卡拉ＯＫ包廂找回了些許的寂靜，相對地，可以微微聽見附近的包廂傳來的歌聲。

——剛剛那首歌好讓人懷念啊。

剛才恆野朝陽唱的是一個叫「ＢＯＴ48」的偶像團體剛發的新歌，但畢竟對我來說已經是八年前的歌曲，所以我是以一種想起原來還有這首歌的懷念心情在聽。至於ＢＯＴ48，則是個以機器舞為賣點的偶像團體，將在兩年後走上解散的命運。理由是有一名成員和男歌迷交往，被週刊雜誌報導出來，鬧得一發不可收拾。儘管召開道歉記者會試圖讓事態平息，但社交軟體的通話內容被人丟到網路上，引發了更大的罵戰。該名成員退團，但抨擊仍不停歇，結果人氣也受到影響，面臨解散的危機。

我正懷念地想起這些事情……

「久等了，各位點的奶油蛋糕楓糖披薩來了～」

女店員露臉，將這唸起來讓人覺得會咬到舌頭的新作餐點放到桌上。幾乎有人孔蓋大的餅皮上盛著大量鮮奶油與草莓的披薩，讓人光看都覺得快要火燒心。

「「好棒喔～」」

女性群發出歡呼，然後拿出手機開始拍照拍個不停。「這個，放到InstantGram上超棒耶～」「好香喔！」還興奮地互相說著感想。

「對了，大家一起拍照吧！」

朝陽這麼提議。「好耶～！」涼介立刻表示贊同，裝熟地把手繞到朝陽肩膀上。

「等等，涼介同學到這邊～」「咦～為什麼啦？」「然後，平野同學來這邊。」

「啥？」「平野同學是型男，放到InstantGram上才棒。」「什麼啊？」「別說了、別說了。你們不覺得帶來的男人等級，就等於女人的地位嗎？」

我正覺得：「說穿了我就是個裝飾？」朝陽就主動挪到我身邊。「咦～也把我拍進去啦。」涼介一頭湊過來，伊萬里有點不滿地看向這邊。我也沒辦法溜走，就這麼聽著朝陽的智慧型手機發出快門聲，攝影就此結束。

「好了，卡拉ＯＫ派對結束了。」

朝陽迅速站起，把包包揹到肩上。

「咦，朝陽已經要回去啦？時間還沒到啊。」

「已經上傳InstantGram，所以今天結束～」

「咦～哪有這樣的啦～」

「不好意思喔，伊萬里，我現在要去原宿打工當模特兒。那我走了～」

朝陽笑咪咪地走出包廂，雙馬尾輕飄飄地消失在門後，結果……

「這玩意兒，要怎麼辦啦？」涼介遺憾地看著新款披薩。

「我在減肥，所以只吃一口。」「我也吃一口就好。」

「喂喂，剩下的要怎麼辦？你們該不會打算要大爺我來處理吧？」

「不然還有誰？」「拜託你啦，涼介。」

「等等……你們兩個會不會太過分？不行不行，真的不行。」

到頭來，就在伊萬里「你念書腦子會累，很需要糖分吧？」這句話之下，甜味披薩被塞進了涼介嘴裡。

我們唱完了本來預定的一小時，走出房間時。

「咦……？」我在走廊另一頭看見了一個人物。她有著楊柳般的黑色長髮，綁著輕飄飄飛舞的黑色絲帶。

——黑井……？

她的背影讓我想起同班同學黑井冥子。只看背影我無法斷定，但那特別直的黑髮以及又大又黑的蝴蝶結，和我記憶中的模樣一致。

黑井來唱卡拉ＯＫ？

我立刻否定，覺得不可能。今天不巧站前的卡拉ＯＫ很滿，所以我們來到隔壁站。也就是說，這裡距離月見野高中相當遠，最重要的是，在學校都幾乎不開口的黑洞會來唱卡拉ＯＫ？有太多不可能了。

想是這麼想，但我還是好奇。仔細想想，黑井也曾別有深意地盯著我看，或是告訴我「你要小心」之類有著警告意味的話。

彎過轉角一看，又是一條左右等間隔有著兩排門的走廊。牆上貼著一塊牌子，寫著「No.208～215」，我看見其中右手邊靠裡面的一間包廂關上了門。跑過去一看，門上寫著「No.215」。

這時我目擊了。

從門上的玻璃看見室內有兩名少女。

一個是剛才看到的黑長髮少女。她坐在沙發上，挺直腰桿。看到她那張表情滿不在乎的臉，果然是黑洞，也就是黑井冥子。她就像個失去靈魂的假人，始終坐著一動也不動，實在令人心裡發毛，但更吸引我目光的，是黑井視線所向之處的另一名少女。

「和、你、一、起～～♪奔向寬廣的未來天空～～♪奔～～向那～～♪遙遠的天空～～makeup your dream♪（come true♪）」

悠揚的歌聲、躍動的舞步、俐落的舞蹈動作。這個熱烈演唱流行偶像歌曲的人，是戴著眼鏡、甩得辮子亂飛的我認識的班長。「U、Universe……」宇野宙海一心一意地唱著。不只是唱得起勁點或唱自己的拿手歌那種程度，而是彷彿將這裡當成武道館或哪個大型舞台，散播笑容，伸直了手臂，對畫面上跑過的歌詞看也不看一眼，展現多半已經完美複製的舞步。宇野身上那套我從未見過的服裝，就比其他一切更能證明她是「玩真的」。閃亮的深紅色外套胸口繡有玫瑰般的圖案，超迷你百褶裙在大腿上瘋狂舞動。

最後，宇野唱完所有歌詞，比出勝利手勢舉到左眼前。

「一隻信天翁打進你的心♡」（註：albatross，高爾夫球術語，指以少於標準桿三桿的桿數打進一洞）

喊出當時流行的偶像明星式台詞。

這個時候。

「大地同學，你怎麼啦？」

突然有人在我肩膀上輕輕一拍，讓我嚇了一跳。回頭一看，涼介與伊萬里不可思議地看著我。

「啊，沒有……」

「什麼什麼，認識的人嗎？……啊，這不是Universe嗎！」

「咦？宙海？」

當他們兩人湊過去看，宇野已經開始唱下一首歌。又是流行的偶像歌曲，她仍穿著剛才那身服裝，背對我們靜止不動，然後踏起舞步，突然一個轉身，把麥克風轉了好幾圈，送了個誇張的秋波後開始唱了起來。「咦？」「啥？」他們兩人似乎總算察覺這是什麼事態，同時短短地驚呼一聲，但宇野仍未發現待在門前的我們，繼續進行完美複製舞步的熱唱。她的表情正經得像是現役偶像明星在進行現場演唱會的彩排。黑井默默看著她，像個機器人一樣拍打包廂裡準備的鈴鼓，模樣令人聯想起恐怖片裡會出現的那種受詛咒的假人。

「大家好～～！今天謝謝你們來看我～～」宇野終於連主持的部分都開始完美複製了。「宙海愛大家喔～～♡」

「…………」「…………」「…………」我們面面相覷。他們兩人都半張著嘴合不攏，但我想我的表情大概也差不多。

「喂、喂，大地同學……」涼介戰戰兢兢地說出口。「我、我們回去吧。這個，我們不該看的，嗯。」

「也、也對，我們回去吧。然後，今、今天的事情就當作沒發生過吧？」伊萬里眨眼眨得格外頻繁，顯然方寸大亂。

「也、也是，這件事就當作我們沒看到，可以吧？」

「嗯。」「嗯。」難得我們三人意見一致，拖泥帶水地正要從門前走開時。

門突然打開。

「——！」我們三個就像惡作劇後被責罵的小孩，嚇了一跳回過頭。門後站著黑井冥子，她那被瀏海遮住的眼睛，今天也像黑洞一樣看著我們。

當我覺得不妙，卻為時已晚。

「冥子～～今天也可以延長嗎～～？我想把ＢＯＴ的新歌也複習——啊。」

宇野當場僵住。就近一看，就發現她一身偶像明星的服裝很多地方都縫合得有點粗糙，顯然是自己做的原創服裝。不，這種事已經不重要了。

「呀啊！」宇野突然發出怪聲，後退兩三步，屁股撞到室內的桌子，癱軟無力地坐了下來，然後突然抱住頭。

「嗚啊啊啊啊啊啊啊啊啊啊啊。」

少女的哀號迴盪在卡拉ＯＫ包廂裡。

○

「求求你們！你們今天看到的事情，一～～～～～～定要幫我保密喔！」

宇野雙手合掌，像拜神一樣對我們鞠躬。

「這當然是沒問題啦……」

我們和剛才一樣待在二一五號室。因緣際會下，我們乾脆會合到同一間包廂，面對面坐在沙發上。對面座位坐著宇野與黑井，我們三個則並肩坐在一起。附帶一提，我們前一間包廂的一小時份卡拉ＯＫ費用，涼介他們似乎已經去付清了。

「我在班上都是走班長路線，要是這種事被大家知道，我會難為情到不敢去上學，不對，是嫁不出去……」

宇野從剛才就頻頻鞠躬。她身旁的黑井不帶情緒起伏地看著她這樣，但直到今天這個時候，黑井一句話也沒說，還是讓人心裡發毛。

「話說回來，還真沒想到啊。」

我推動話題。

「宇野，原來妳這麼喜歡唱卡拉ＯＫ啊。」

「啊，嗯……」宇野仍然穿著一身搶眼的服裝，以難為情的表情回答。「也不是說卡拉ＯＫ，那個……我只是喜歡，唱偶像歌曲……」

「妳喜歡偶像明星嗎？」

「嗯。」

「所以才穿成這樣……」

「我求求你們，不要提我的穿著～」

宇野又雙手遮臉，連連搖頭。她的眼鏡上都沾滿了指紋，但看來她的精神狀態已經顧不得這麼多了。

「宙海穿的這身衣服啊──」這次換伊萬里提問。「是ＢＯＴ48的衣服吧？」

「啊，嗯。真虧盛田同學知道。」

「我養成了一種會不經意細看服裝打扮的習慣。」伊萬里搔了搔臉頰。「原來宙海是ＢＯＴ的歌迷啊？」

「是啊。她們的歌我全都買了，尤其喜歡站正中央的『星葛真夜』。我從真夜剛出道時就一直支持她。現在穿的這身衣服也是真夜在前陣子的武道館演唱會穿的款式。」

「是喔？妳真的很喜歡她耶。」

「與其說喜歡，不如說……那個……」

宇野說到這裡，難為情地吐露自己的真心話。

「是想變成那樣。」

「咦？」我聽不清楚，反問了一聲。

「我想變成……像星葛真夜那樣……」

少女就像表白愛意似的宣告。

「『我的夢想是當偶像明星』。」

2

「哈啾！」

「天氣預報不是說今天全國都會很冷嗎？」

「所以呢？」

這個房間的主人從電腦桌後昂起頭，瞪了我一眼。她的名字叫天野河星乃，是人類史上第一個在太空誕生的生命，也是個連冬天都不開暖氣的十七歲繭居族少女。她披著印有以前給小朋友看的動畫《小蜜蜂瑪尼亞》標題的毛毯，用面紙擦了擦人中。

「要不要喝點什麼熱——」「可可。」

「來嘍。」我站起來，從櫃子裡拿出裝可可粉的罐子。舀了一匙可可粉到杯子裡，然後用微波爐加熱牛奶。叮的一聲響後，把熱好的牛奶倒到蓋過可可粉，然後用湯匙打成漿似的攪拌。這樣一來，可可粉就會充分融進牛奶，讓口感變得溫潤。這是廚藝好的葉月曾經教過我的。

「……好了。」

我用腳撥開破銅爛鐵之海，像摩西似的前進，把馬克杯放到星乃的電腦桌上。這馬克杯上有著頭上長出奇怪觸手的外星人插畫，現在則對熱度起了反應，臉頰變得像煮熟的章魚一樣染成粉紅色。星乃自己的東西裡，各種古怪的外星人特別多。

「…………」

星乃看著這裝了熱可可的馬克杯，鼻頭微微動了動之後，像長頸龍似的慢慢昂起一頭黑色長髮，從地上站起。她用指尖頻頻戳了戳，弄清楚馬克杯有多燙後，用右手拿起握把，再把左手運動服的長袖子當成防燙手套包住杯子，以雙手捧到自己的桌子上。我佯裝不在意地偷偷看著她，覺得不會打翻後就回到自己的桌前。

「呼～呼～嘶～嘶～……好燙……嘶～……好燙，呼～燙。」

少女的嘴發出啜飲可可的聲響。星乃基本上很怕燙，喝東西時會一直吹涼。這是因為她小時候喝熱飲燙傷過舌頭。這個事實我是聽「第一輪」的星乃說過而得知的。

「「噺噺！」」我和星乃啜飲熱可可的聲響同步了。又熱又甜的熱可可行遍冰冷的身體。天氣冷的日子裡喝的熱可可，終究還是無可取代。

——好了，該上工啦……

我供餐完畢，撥出一個不管來幾次都會被破銅爛鐵淹沒的就坐空間，坐到坐墊上。打開筆記型電腦，就看到鍵盤上散落著一些餅乾屑，大概是星乃吃的餅乾或固態保久糧食吧。

我撿著這些餅乾屑，作業系統已經開機完畢，顯示出桌面。我正檢查選讀服務，想看看有什麼有用的情報，結果……

「——這什麼玩意兒？」

■Cyber TV presents（未來型偶像選秀會）

－Cydol Project－〔第一波〕

網路的頂點就是世界的頂點——本節目就是為了證明這件事而辦的觀眾參加型選秀節目。

本次Cyber TV將推出新節目《Cydol Project》，並為選拔第一波偶像明星人才，將會舉辦選秀會。

【所謂Cydol】是將Cyber Idol結合為一個單字，也就是將網路上的虛擬化身與您自身融合而成的新時代偶像。在現實世界活動之餘，也同時並行與網路空間連動，乃是未來型的偶像企畫，一個讓由專業人士打造的虛擬化身與您自身融合的新企畫。

【徵募部門】偶像部門／聲優部門／虛擬部門

↓應徵注意事項如下　https://cydol/audition/……

※也熱烈徵求節目觀眾！

——為什麼會辦偶像明星選秀會？

我覺得狐疑，但仔細一看，是由網路電視台「Cyber TV」主辦。前陣子星乃跑去參觀攝影棚，痛罵六星一頓之後還被轟出來，就是在這家電視台。看來是符合了我在選讀服務中事先設定的搜尋目標「Cyber Satellite公司」。

——我的夢想是當偶像明星。

我想起日前宇野的發言。夢想是當偶像明星。萬萬沒想到個性那麼古板的宇野，竟然要當偶像明星。明明是直接聽她親口說的，我卻到現在還不敢置信。

——啊，沒關係、沒關係，這只是我自己這麼想！嗯，忘掉忘掉！對不起喔，不要覺得我噁心喔！在學校裡也要跟我好好相處喔！

宇野很快地這麼說完，就套上一件長大衣，說聲「冥子，我們回去吧」然後就逃命似的和黑井一起離開。我們受到的衝擊太大，也沒有心思更進一步問下去，但又不能在學校問起這件事，所以資訊的更新仍停留在得到第一報的狀態。

宇野要當偶像，宇野要當偶像……嗯～

宇野宙海將來會當上公務員，在縣府就職。這生涯規畫連個偶像的偶字都沒一撇，而且我根本沒聽說過她曾有這個目標或是加入哪個演藝經紀公司。這顯然有問題。

——這是怎麼回事？

再度遇到過去與「第一輪」不同的偏差，讓我覺得不解。真要說起來，宇野喜歡偶像明星，還有她是BOT48的歌迷這件事，我也是第一次聽說。不，說到這個，記得以前有一次開班會，她對「偶像咖啡館」的提議就硬是顯得比較友善，還說什麼：「畢竟偶像(idol)信仰似乎是全世界宗教與文化中都很常見的情形……」原來那是在吐露真心話？

總之我先把選秀會的徵人網頁放進書籤，把連結過去的網頁從畫面上消除。眼前這和星乃無關。

「……？」

我正要合上電腦。

結果發現郵件欄顯示有新訊息。點開來一看，信件中貼了URL。看主機名稱就知道是知名的影片網站，但我對發信人的郵件位址很陌生。

會是垃圾郵件嗎？我這麼想，就要把信件挪去垃圾桶資料夾，但URL當中有著令我好奇的字串。「hoshino-machi」看得出多半是影片的標題。

——姑且還是看看吧……

我點進ＵＲＬ，果然是連往影片網站。

【星乃的城市】

這部有著知名影片網站的站標浮水印的影片裡，冠上了這麼一個標題。長度是將近三十分鐘。

是巧合？不對——我覺得背脊有種寒意。標題寫著「星乃」的影片寄到我的郵件帳號。要說是湊巧寄到，會不會太巧了？既然不是巧合，那麼到底是誰為了什麼寄的？

我用防護軟體掃描過，檢查有沒有病毒。然後懷著這不解的心情，把影片播出來一看……

——這是什麼……？

出現的是全黑的畫面。正當我懷疑是影片出錯而要按停時，畫面變亮，映出了一處街景。從影片的角度來看，大概是所謂的「空拍」。是用飛機或飛船等載具從一定的高度俯瞰地面拍攝到的畫面。

影片沒有聲音，只有畫面。畫面拍著街景，慢慢移動，有時還做出像是迴旋的動作。我又看了看影片的標題，上面確實寫著「星乃的城市」。看不太懂標題和內容的關連。俄羅斯有個城市叫「星星的城市」，有太空人以及他們的家人住在裡頭，但畫面上拍到的住宅群裡散布著一些典型的日本住宅，還可以看見熟悉的便利商店招牌，至少應該不是俄羅斯的城市。

「啊……」過了一會兒，看見畫面拍到我熟悉的水藍色屋頂——真理亞與葉月所住的「惑井家」。從這兒過去一點點的距離外，有一棟建築雖小卻用圍籬圍得很紮實，有屋頂的公寓，還漸漸看得見名稱叫「銀河莊」。

喂，不會吧……影片持續拍著銀河莊的深藍色屋頂。從攝影機的畫面看得出是在公寓上空迴旋，模樣令人聯想到等著吃屍體肉的禿鷹，讓我背脊一顫。

三十分鐘後。

「…………」星乃又黑又大的眼睛就像會把光線都吸走的太空一樣，持續映著畫面。當畫面播放到真理亞的家，少女忍不住「啊」的一聲叫出來，接著再拍到銀河莊時，她的姿勢又變得更往前傾。

看完整段影片後。

「我都沒發現。」

她說出了這句短短的感想，然後像是要表達內心的不解，雙手環抱在胸前。我也並非都不擔心是否反而會讓她不安，但還是把這部影片告訴了她。畢竟標題叫「星乃的城市」，還真的拍到了星乃的家。從Europa事件開始，加上過去發生過的種種，最重要的是，我想聽聽星乃的意見。

「妳怎麼想？」「偷拍。」「那當然是了。」如果只是拍街景也還罷了，但哪怕只是屋頂仍清清楚楚拍到了星乃住的公寓。說是偷拍也不為過。

「為什麼會從空中拍呢？」

「我覺得與其推理目的，還不如從手段去推理。」

這個頭腦很好的少女立刻開始發表自己的分析。

「特地拍攝個人的住宅，放到網路上公開。這個行動意味著什麼？」

「咦？那當然是……」我立刻想到一個字眼。「跟蹤狂之類？」

「如果是跟蹤狂，會直接找上門，不會做出把影片上傳到網路這種拐彎抹角的事，因為都已經鎖定住址了，會像你一樣，每天都來叮咚叮咚地按門鈴按到人家煩。」

「喂，妳這樣豈不是說得好像我是跟蹤狂？」

「你竟然沒自覺，可真嚇了我一跳。你知不知道你到底找上門多少次了？而且我每次都叫你『不要再來了』。」

「唔……」

「會放到網路上公開，是在強調我們已經鎖定妳的住址了。就和寄些東西到我家的那種古早的手法一樣，是要對對方的精神下手。」

她都說得這麼清楚，自然連我也聽懂了。

「威脅嗎？」

——這是威脅。

以前星乃曾對我說過，星乃繼承了雙親的龐大遺產，網路上有人為了這些遺產進行各種攻擊。這些人在匿名布告欄上大量散播星乃與真理亞的壞話，讓她難以主張自己對遺產的權利——星乃是這麼分析對方。

「難道說，又是Cyber Satellite公司搞的鬼？」腦海中浮現出六星的臉。

「不知道。」星乃總是不斷定。

「接下來會發生什麼事？」

「也許會發生事情，也許什麼事情都不會發生。只要我不放棄遺產，攻擊就會繼續進行。」

「該死……」我忍不住咒罵。一群不露面，暗中攻擊星乃的傢伙；網路上的惡意。對於這樣的情形，我由衷感到憤怒。

相較於產生怒氣的我，星乃則很鎮定。她默默敲打鍵盤，在畫面上叫出影片。這種分成四格的畫面，我也覺得眼熟。

「監視攝影機……？」「對。」一如往常的銀河莊及周邊景象。一號攝影機拍玄關前，二號攝影機拍公寓入口與前庭，三號攝影機拍後院，四號攝影機俯瞰整棟銀河莊。

這保全系統充分顯示出居民有多麼不信任他人。

「怎麼辦？」

「如果這支影片是從空中拍的，那麼公寓的監視攝影機應該就會拍到『偷拍者』的真面目。」

「偷拍者……例如媒體記者的直昇機之類？」

「例如這個。」

星乃默默檢查畫面。十秒、二十秒、三十秒。不管哪一具攝影機，都像照片一樣毫無改變，看不到「偷拍者」。

「可以快轉嗎？」我操作畫面，調整成大約三倍的速度，但結果還是一樣。當我調高到十倍速，有一輛自行車從前面騎過。

接下來幾分鐘，我們和畫面大眼瞪小眼，「15:43:55」——入口出現一名男性。身穿卡其色大衣，手上提著塑膠袋。是我。

「什麼都沒拍到啊。」

「乍看之下是。」星乃回得話中有話。

「？看到什麼了嗎？」

「等一下，我馬上弄出來。」

少女快速倒轉畫面，說道：「三號攝影機畫面，左上方。」

「三號攝影機……」「我一格一格慢慢放。」少女先在「15:36:25」時暫停，然後開始一格一格播放影片。看起來和先前沒兩樣，但當我凝視少女伸出的粉紅色指尖……

「啊！」我看見畫面左上方有東西掠過。由於顏色幾乎和背景的天空一樣，讓我看不清楚，但就是有個東西一瞬間斜斜劃過天空。

「剛剛那是什麼？」「那就是拍到我們的飛行物體。」「不是鳥之類嗎？」「我看起來像是人工物。我換個方式來看。」少女以行雲流水的動作敲了一會兒鍵盤，畫面隨即切換。色彩突然轉黑，整個畫面都被藍色或黑色等的色彩填滿。

「熱顯像？」

「對。」

少女一邊繼續操作，一邊回答：

「凡是溫度比絕對零度高的物體都會放射紅外線，熱顯像的原理就是捕捉這種紅外線能量來成像，讓物體的溫度可視化。紅外線是英國天文學家威廉・赫歇爾在一八〇〇年左右，用三稜鏡將太陽光分光時所發現，赫歇爾也因為發現太陽系第七行星的天王星而知名——」

「知道了知道了。然後呢？」

她開始講解熱顯像的原理，我便不著痕跡地打斷。少女鼓起臉頰是在表達不滿，但她還是不甘不願地繼續動手操作。當她播放到和先前一樣的時間「15:36:25」……

「剛剛的……！」這次我也看出來了。

熱顯像顯示出來的影像裡，確實有「紅色」的物體剛掠過。

「機體多半有『迷彩』，可以融入天空的顏色。」

「迷彩……」我腦海中一瞬間浮現身穿迷彩服的士兵，但這個情形下，她指的應該是能夠融入背景天空色的顏色吧。從這天的天氣來看，是陰天天空的白。

「不管動力是什麼，只要飛行物體裝配引擎來活動，就必然會有熱源。視覺上的迷彩無法連這熱源都隱蔽起來。」

「可是，畫面這麼糊，實在看不出到底是什麼東西啊。」

熱顯像適合用來查出熱源，但相對地影像輪廓會變得模糊不鮮明。像現在的畫面也只像是一顆又紅又模糊的火球狀物體掠過。從有點方形的輪廓看得出多半不是鳥類等的生物，但也只能推測到這一步。

「我來處理影像。」星乃把游標對到紅色火球般的「熱源」，放大到占滿整個畫面。然後目標的影像上竄過光線般的特效，影像就像被剝下薄膜似的逐漸加工，讓輪廓漸漸變得鮮明。

「這……是遙控直昇機？」

我說出一開始產生的印象。雖然到處都還很模糊，但加工處理過的畫面上所拍到的，是個機體上裝著螺旋槳狀機翼的人工物體。不同於一般的直昇機，螺旋槳共有四具，從機體往四方延伸。

「從螺旋槳的數目和形狀來看，這是多旋翼機。又叫——」

少女靜靜地告知解析結果。

「無人機。」

3

在山手線的某站下車，徒步五分鐘。

一踏進以前也用來約碰頭的住商大樓最上層一間咖啡館，坐在靠裡面一張桌旁的女性就立刻舉起手。

「秋櫻姊，請問為什麼要選在這裡？」

我在店員帶去的位子坐下後，壓低聲音問起。「咦，怎麼說？」這位新秀記者就覺得不可思議似的眨了眨眼。

「因為這間店，我們以前不是用漆彈弄髒過嗎？」「的確有過這種事耶。」「那不就會很尷尬嗎？妳想想……」這時我感覺到有人靠近，抬頭一看，圍著圍裙的女店員就站在桌前。這位額頭有點寬，顯得有些強勢的店員瞪了我，然後以不高興的聲調說：「為您點餐。」從態度與氣氛可以清楚看出她就是之前被模型槍的漆彈打個正著的人。

「呃，那個，特調咖啡。」

「好的。」

店員迅速朝秋櫻看了一眼後，轉過身去，回到店內。我們顯然不受歡迎。剛才瞥見的名牌上寫著「上島」。

「秋櫻姊好有膽識耶。」

「怎麼說？」

「妳又選這間店，而且……」我有點委婉地看向她的頭。「又發生過那種事。」

「啊啊，知道了知道了，第三事件是吧。」

我立刻聽出她所說的第三事件，指的就是「第三Europa事件」——我和星乃在墳場被扮成太空人的男子攻擊的槍擊案。而Europa，也就是嫌犯川井裕一，在犯下那起槍擊案前用鈍器打傷的不是別人，就是宇野秋櫻。

「妳的傷怎麼樣了？」

「啊啊，沒事沒事，沒問題。」

她還特地把後腦杓秀給我看，撥開頭髮露出傷痕。她的頭上就只有那一塊頭皮的頭髮比較稀疏，皮膚上留有明顯的傷痕，還看得出縫了五針的痕跡。

「我去跟蹤那個置物櫃交付過程，結果突然跟丟。不知不覺間，就被人從背後敲了一記。我搞砸了。我沒想到對方會用手機的『自拍功能』來查看身後。這可真是上了一課啊，啊哈哈。」

「妳還啊哈哈咧。」

我傻眼之餘，卻也不由得佩服起宇野秋櫻這個人物的膽識。照常理說，遇到被犯人攻擊這樣的事情，應該會變得膽怯，不太敢再從事取材活動。照她的堂妹宇野宙海的說法——「姊姊手術隔天就在床上寫報導，被護理師烈火般地痛斥了一頓」。看來她的神經不同於常人。

「妳不會害怕嗎？」

「當然會怕啦。」她說得很乾脆。「被打時還以為會沒命，而且也覺得不想死。」

「那，為什麼？」

「死當然可怕，但是，不也有些事情比死更可怕？」

「咦？」比死更可怕？我一時間想不出答案。

「之前我也說過，我啊，不是待過週刊娛樂嗎？然後，我跟那邊的取材方針不合，辭掉了工作。雖然導火線是Europa事件，但其實從更早以前我就跟總編不對盤。因為總編的方針就是即使會暴露個人隱私，也要爭取銷售量。即使如此，如果目標是瀆職的政界大老或者黑心企業，我倒也還可以接受喔。實際上，卻只是因為對方是偶像明星，我們就追著這些什麼都還不懂的十幾歲的少年少女跑，暴露他們的隱私。既不是公益，也扯不上報導精神，就只是為了增加銷售量。就在這樣的時候發生了那起事件，成了決定性的一擊。就是你也知道的，我在醫院看到了天野河詩緒梨的小孩。」

——她一雙大眼睛滿是眼淚，但還是不讓眼淚流下來，一直瞪著我們。然後，我就想到……想說我到底在做什麼。對這麼小的一個孩子，沒神經地一直拍她含著眼淚的表情……所以，我啊，就在那天辭職了。

秋櫻辭掉雜誌社的工作，成為自由記者，這件事的來龍去脈我也知情。那是她最先跟我說過的事。

「48，你看過嗎？」「偶像團體？」「不是不是，是海外影集。」「啊啊，之前妳也說過的……」

我想起以前聽她們說過，她是崇拜海外影集的主角才想當記者。

「那影集啊，由記者當主角是從第二季開始。」

「第一季不是？」

「第一季是刑警當主角。是個和這個記者從小就認識，像是正義感結晶的熱血刑警。相反地，記者很陰沉，是個多一事不如少一事的膽小鬼。刑警每次都是靠他的熱忱解決案子，但記者則是用冷漠的眼神採訪他。可是啊——」

她懷念地述說起影集的內容。

「刑警在第一季結局死掉了，因為陷入犯人卑鄙的圈套。然後到了第二季，總算換記者當主角，卻漸漸發現案子跟黑幫大人物有關，上司下令停止取材，同事也都害怕受到黑幫報復，誰也不寫成報導。主角也害怕報復，不敢繼續取材。」

「這樣影集就演不下去了吧。」

「所以還有後續。主角不再查這案子後，從那一天起就再也睡不著，因為一睡著就會想起那個從小就認識的熱血刑警。然後他想到了。想到即使自己就這樣一直當記者到退休，領到還可以的薪水，還拿得到退休金，老後生活高枕無憂……自己也一定一輩子都不會作好夢。這個時候記者的台詞是『死，不是被黑幫殺死。抹煞自己而活著，就跟死了一樣。傑克，我該怎麼辦？你死了，不像你這麼有勇氣的我該怎麼辦才好？』結果傑克——死掉的熱血刑警就在他的夢裡出現，對他說——『沒關係，卡爾，你要過好你自己的人生。我很抱歉，都是我害你這麼痛苦，我很抱歉……』這時記者醒來，發現自己在哭。他想起自己從小被大家霸凌，都是傑克奮不顧身來救他，於是在床上大哭了一場。到了這時，他發現自己喜歡傑克，發現自己就想變成像傑克這樣的男人才會採訪他。於是他辭掉報社的工作，獨自一人去查真相，直到被黑幫殺害為止。」

「他會被殺？」

「會被殺。在第二季的結局……啊，抱歉，我從剛剛就在瘋狂爆料劇情啊。不過，也多虧記者用生命換來的證據影片，犯人才會在第三季被逮捕。片名叫《48》，就是因為當時記者留下來的影片長度是48分鐘——啊，呃，我們怎麼會講到這個？對了，是講到我繼續取材的理由對吧。」

秋櫻喝了一口續杯的特調咖啡後，繼續說：

「如果啊，我現在『因為害怕，所以不再取材』，就這麼丟下這件事，我應該就會倒退回那個時候。我的心一定會死掉。以後遇到有點可怕的事情，我應該都會丟開。這樣一來就完了。我會死。就算還在呼吸，心也已經死了。身為記者的我會死，宇野秋櫻這個人的靈魂也會死。像這樣抹煞自己活下去，比死還要可怕。至少我是這樣。」

「…………」

她說到這裡，伸了伸舌頭說：「啊，糟糕，我又來了。惹人煩的大談自己。」

「所以，我不會停止取材的。」

她搔著被人敲悶棍，受傷縫五針的腦袋……

「為了不抹煞自己。」

以耿直的眼神這麼宣告。

——為了……不抹煞自己……

這句話硬是深深留在我心中。

○

「——所以，後來『無人機』怎麼樣了？」

秋櫻起身接了一次電話，回來後就有些重開話題的感覺。

「該怎麼說，之後似乎會不定期飛來……」

「影片網站則陸續更新是吧。」

秋櫻滑起手機，叫出那個熱門影片投稿網站。那架「無人機」偷拍的影片「星乃的城市」，之後也繼續上傳新的內容。

「有查出什麼嗎？」

「有些事情查出來了，也有些事情沒查出來。」

這位記者回答得有些拐彎抹角，吃了一口加點的蒙布朗蛋糕。

今天我之所以和秋櫻見面，是為了收「調查報告」。那天，銀河莊附近出現無人機後，我打了電話給她，委託她調查。與職業記者能查出的情報相比，無論我如何日以繼夜地在網路上查找，都只能找到一些很淺的情報，這點我已經有了深刻的體認。而且，雖然這只是我的直覺——但我認為不只是Europa事件與這次的無人機問題，要查出「大流星雨」的真相，宇野秋櫻的情報收集能力將是不可或缺的。

「總之你先看看這個。」

她從包包裡拿出一張列印了內容的A4紙。

【NEWS TOPIC】

〈太空企業進軍地球的天空！——Satellite公司的新事業「E-Drone」〉

本月三十日，Cyber Satellite公司發表了利用無人機的物流業「E-Drone」構想。這是國內首次有企業正式推動利用無人機的貨運業，如果能實現，推測將對郵購業界與物流業界帶來革命。眼前這個事業的目標是針對現有物流業中不合成本的偏僻地帶，以及因災害造成道路寸斷的地區等等的情形，希望能夠發揮作用。航空法規等既有法規將如何因應、無人機墜落時的責任歸屬，以及周遭居民的不安，都被認為是需要解決的問題，但該公司負責主導本事業的董事六星衛一對此充滿自信。他表示：「解決這些只是時間問題。」Cyber Satellite公司近年來在太空相關與軟體相關部門的成長都非常驚人，集投資客火熱的視線於一身。有傳聞說六星氏將在不久的將來就任為總經理，他的手腕是否不限於太空，連地球的天空也將掌握在手中呢……

「E-Drone……」

我讀完報導，一陣愕然。

才剛鬧出用無人機偷拍的事，Satellite公司就發表利用無人機的新事業，而且主導事業的還是那個「六星衛一」。

——是巧合……？

不可能。直覺立刻否定。Cyber Satellite公司過去也曾做出許多可疑的行徑。記憶猶新的「JAXA人造衛星消失事件」中，也是由Satellite公司擠下JAXA，掌握主導權，將惑井真理亞從現場排除，自行指揮對策本部。接著失聯的衛星彷彿就等這一刻似的，隨即恢復了聯絡。要說是巧合，未免太巧。

「為什麼太空企業要推無人機？」

「會是為什麼呢？是要補上衛星觀測系統的缺口，又或者是真的要進軍郵購業？只是，關於Satellite公司，我最近又弄到了一點新情報。」

「新情報？」

「根據內部人士的說法，最近他們非常吃緊。」

「吃緊……也就是說，業績不好？可是記得Satellite公司最近也才說是『達到史上最好的業績』。」

「表面上是，可是實際的現場似乎不是這樣。那家公司一直都是捧出個新事業，吸引投資客的矚目來拉抬股價，藉此獲得資金。雖然有許多新聞很引人注目，但並不是說本業的營業額配得上股價。」

「真虧這樣的公司可以擴大事業啊。」

「這就是所謂的期待值。畢竟有很多投資客都看好太空相關產業，是今後會成長的產業，而且Satellite公司在這個領域也有和JAXA以及NASA合作過的實績。最近六星衛一的名字也打得很響亮，市場上普遍認為他們是不錯的投資標的。他們一路像這樣靠著期待值來撐起企業形象，但兩家海外的同業都跌了跤，似乎漸漸有人開始對他們的發展性產生懷疑……所以，他們想要有些新的『焦點話題』。」

她說到這裡，一雙大眼睛睜得更大了。

「聽說他們最近打算放一發『大大的煙火』。」

「……煙火？」

「是僅次於E-Drone，不，是要發表遠比那更大的新事業。」

「到底是什麼事業？」

「這就不知道了。只是，似乎不是無人機或APP這類的東西，是跟他們本行『太空』更有關的事業。而主導這個事業的人是——」

「六星衛一？」

「賓果。」

秋櫻把糖條當指揮棒似的揮動。

Satellite公司要推動新事業，由六星衛一主導。光這些資訊，就讓我只能產生不好的預感。

——攻擊我的地球人當中，Cyber Satellite公司到了某個局面、某個階段，就一定會介入。問題在於這介入的程度，以及處在具有多少主導性的定位。

以前星乃說過這樣的話，斷定Satellite公司參與其中。

搞不好……我的思考自然而然走向星乃。Satellite公司的資金調度；六星的圖謀；以及——

——只要我不放棄遺產，攻擊就會繼續進行。

星乃的遺產。

「妳說的煙火……該不會跟星乃有關？」

「沒能查證就是了。」

秋櫻回答得很直接。

「我認為那才是他們的主軸。太空企業缺錢，又有太空相關的智慧財產可以創造天大的財富。這兩者很容易聯想在一起，而且市場接受度很高。你知道嗎？日本最有名的太空人第一名是彌彥流一，第二名是天野河詩緒梨。他們都過世這麼多年了，知名度還是鶴立雞群。而在這樣的業界，知名度就直接影響到宣傳的效果。」

「連別人的知名度都要利用？這不是用別人來炒作自己嗎？」

「也不限六星，會想在媒體上宣傳是當然的。最近他們旗下的Cyber TV也搞起了把一百萬圓現金送給一百位觀眾這樣的企畫。這就讓註冊人數增加了五十萬人以上，到現在還繼續增加。」

「現金？這樣可以嗎？」

「這是常見的現金回饋，但就獎品標示法而言是有點遊走邊緣吧。而且這給人的感覺相當露骨，所以也有人認為就企業形象來說，這種做法有待商榷。感覺他們已經漸漸顧不得那麼多了。但就算這樣，為了宣傳事業的未來發展性，他們還是得撐起企業形象。這也就表示為了留住投資客的期待，他們現在就是這麼不顧一切。六星雖然一臉滿不在乎，但內心應該是忐忑不安。然而……」

她低聲靜靜宣告。

「你也要小心。」

她沒說小心什麼。秋櫻覺得癢似的搔了搔頭，搔的是才剛受到攻擊受傷的地方。

「總之Satellite公司正急著推動事情……講白了就是很急躁。既然不知道對方會怎麼出招，就不要怠忽戒備。」

「……好的，我會小心。」

Cyber Satellite公司急速擴大事業版圖，又覬覦星乃的遺產而暗中進行了許多妨礙。這些在「第一輪」的世界並不存在。不，也許只是我沒發現，但至少當時這間公司作為一家老字號太空企業有著穩健的形象，而且也沒有六星衛一這個到處在媒體上曝光出風頭的年輕經營者。

——不對。

Satellite公司在這「第二輪」的世界，做出了和本來的過去明顯不一樣的行動。不是像我救了伊萬里免於車禍那樣，因為我做了什麼而改變別人的命運，六星顯然是以自己的意思進行對這個世界的改變。查出愈多，愈是對這件事一步步有了確切的證明。

「哎喲，都這麼晚了。我們還聊了挺久耶。」

她朝手錶瞥了一眼，開始收拾文件。

「我還有下一個地方要去，今天就談到這裡。不過如果報告書上有不清楚的地方，隨時都可以問我。有什麼事情立刻聯絡我，我也是查出什麼就會聯絡你。」

「秋櫻姊，該不會這次的事情，妳本來就已經獨自調查過？」

「多少嘍。畢竟Satellite公司也有很多地方很可疑。」她聳聳肩。「不管怎麼說，我可只有對你才給出了這麼多情報。啊，報告書千萬不能遺失喔，要處理就燒掉或是放進碎紙機。雖然上面不提專有名詞，但內行人一看就知道。」

「那個，秋櫻姊。」

「什麼事？」

「關於酬勞。」

「啊啊，了解了解，在下個月底前匯到我的戶頭喔。加上上次的案子，還有特急件費用，我就算你便宜點，五十萬就好。」

「五十萬……」

我事前就問過行情，也做好了覺悟，但這實在不是高中生能輕易拿出來的金額。至於她說的「上次的案子」，就是我委託她調查六星衛一的事。當時我也是在同一間咖啡館跟她拿報告書。儘管業種不同，但我聽說過委託徵信社調查出軌，一天要花上將近十萬；而我是請職業記者個人活動好幾天，所以就算是這個價碼可能都還算便宜了。

「不好意思，可以讓我分期嗎？」

「啥？」

「啊，呃……我的存款，只有五萬左右……」

「平野同學。」

「是。」

「我是職業的耶。」

「我明白。」

「我就是靠這個吃飯耶。」

「您說得是。」

「都委託人家做事，卻說沒錢，這是怎麼回事？」

「對不起，我太窮了……」

我垂頭喪氣，就聽到秋櫻拿我沒轍似的「呼～」了一聲，然後……

「噗……」

噗嗤一聲笑出來。

「哈哈哈哈，平野同學，你別當真好不好。咦？你當真了？你真打算付五十萬？」

「咦？這當然……因為……」

「你好正經喔。大姊姊欣賞你。不，還是當賒帳好了？畢竟我也想賣人情給你。」

「請問，妳說什麼我聽不太懂。」

「大姊姊我啊，可沒缺錢到要從高中生身上刮走一大筆錢。而且你未成年，沒有你雙親的同意，根本不能跟我做這樣的交易。所以，我們換個方式，用交換條件吧。」

「交換條件？」

「這次的委託就當奉送，但相對地，天野河星乃的個人資料——」

「我拒絕。」

「不不不，我開玩笑的。啊，你剛剛眼睛都亮出精光啦。說是交換條件，其實這應該算是請求啦。」

「什麼事情？」

「沒有啦，該怎麼說，我也知道這件事找你幫忙很沒道理……」

秋櫻說到這裡，難得口氣轉為委婉，說道：

「關於宙海，我有些事情想找你商量。」

4

從離高中最近的一站走了十分鐘左右，從幹線道路彎進一條小路就看到這棟房子。

我先按了門鈴，然後才為時已晚地對於來到女生家門前這件事有些退縮。之前有涼介和伊萬里一起，但現在只有我一個人。

「啊，平野同學……歡迎。」

打開門一看，就有一名綁辮子、戴眼鏡的少女現身。現在她穿著水藍色襯衫。

「請進吧。」

「不好意思啊，突然找上門。」

「不會，我才要說對不起。姊姊她還是一樣那麼自作主張。」

我在她的帶領下進了玄關，穿上排得整齊的拖鞋，走上通往二樓的樓梯。上次是大家一起來，所以沒發現，樓梯一塵不染，玻璃窗也擦得乾乾淨淨，沒有一個地方是糊的。這讓我產生了一種殺菌過的印象，但或許是因為我每天出入銀河莊二〇一號室的破銅爛鐵屋才會有這種印象。

——關於宙海，我有些事情想找你商量。

她堂姊宇野秋櫻是這麼提起這件事的。說不收我調查酬勞，但要我陪她堂妹商量。

『妳是指當偶像之類，生涯規劃的事嗎？』我這麼一問，秋櫻就露出驚訝的表情。

『你已經知道了？』『算是啦，湊巧知道的。』這麼一段對話後，她就告訴我情形。

『宙海她啊，太「模範生」了。』她這麼談論這位年紀跟她差了一輪以上的堂妹。說宙海從小就一直是「模範生」，從來沒有違逆過父母。所以，不喜歡的事就說不喜歡，或是找人商量煩惱，這些事情宙海都很不擅長。

『秋櫻姊不陪她商量嗎？』我這麼一問，她就難過地搖搖頭。『我陪她商量反而會讓她的立場變差。宙海這類型的女生一定無法忍受這種情形。所以，我想請你幫忙。』

為什麼是我？我當場並未做出這樣的反駁。因為秋櫻的臉上少了一貫的活力，而且我自己也對她有過不情之請。

所以今天，我來到了這裡。多虧秋櫻立刻安排我們見面，但坦白說，我難免也覺得這樣有點太急性子了。

其實，我本來不打算一個人來，希望能和之前一樣找涼介和伊萬里一起來。這既是因為我對於隻身進入女生的房間有所抗拒，也是因為我不適合陪人商量這種事情。

——抱歉，平野，今天我打工的店有人請病假，我被找去當救火隊。

我找伊萬里提起時，她給了我這樣的答案，急忙離開了學校。涼介放學後也在圖書館念書，看到他這樣，我就遲疑著不敢找他。最近他還說：「老是依靠大地同學，實在不好意思。」所以跑去教職員辦公室找科任老師問問題的次數也在漸漸增加。這是好的傾向，所以我不想打擾他。

「久等了～」宇野回來了。她把托盤放到桌上後，小心翼翼地把馬克杯放到我前面。可可特有的芳香輕撫著鼻腔，啜個一口，剛剛好的甘甜與溫暖就滑過舌頭。

適度暖了暖身子後，我變得有點熱，於是脫下外套。宇野也喝了一口自己的可可，各種點心都吃了一點後就覺得沒事情可做了。我們面對面沉默，覺得哪怕只有十秒或二十秒都好漫長，感覺就像第一次約會中沒了話題的情侶。

「喔，不愧是班長，這些書看起來都好艱澀啊～」

總之我為了抒解這僵掉的氣氛而找起話題。素雅的黑邊書架上全都是教科書、參考書，以及辭典與圖鑑，小說類也只有一些經典名作，簡直讓人想起上一個世代的學校圖書室。

「是爸媽買給我的。」

「是喔，妳都不看漫畫或雜誌之類的嗎？」

「不太看吧。」

「音樂呢？像偶像明星的ＣＤ或海報，妳都不買嗎？」

她都在卡拉ＯＫ唱得那麼熱情，還自己做了服裝，我本以為她應該會把賣歌迷的各種周邊都買得差不多，但就眼前所見，完全看不到這類的東西，讓我覺得很不可思議。

「……呃、呃。」

宇野的反應很老實。她的臉轉眼間變紅，接著開始心浮氣躁地視線亂飄。感覺就像在看嚇一跳時的星乃，但宇野在學校總是很鎮定地掌管全班各種事情，很難得在她身上看到這樣的反應。之前在卡拉ＯＫ目擊她高歌偶像歌曲時，也給我這種感覺。

「等我一下喔。」

宇野若無其事地鎖上房門。我正覺得她明明說家裡只有我們在，鎖門到底是要開始做什麼事情，結果她就拉開壁櫥開始翻找起來。她上半身探進壁櫥裡，屁股和奶油色的裙子一起左右搖動，讓我有點不知道該把視線朝向哪兒。

過了一會兒，宇野從壁櫥裡面搬了些東西出來。她在我身旁放下東西，原來是個有點大的紙箱。這個紙箱用膠帶纏得非常牢固，用紅色麥克筆寫著「宙海」、「參考書」這幾個字，看上去很像是搬家時搬來，但到頭來都沒拆開的行李。

「嘿、咻……」

宇野把紙箱往旁倒，把用來封箱的膠帶大聲撕開，紙箱就從側面的開口打開了。

「喔喔？」

這個機關讓我覺得佩服。她巧妙利用了紙箱的接縫，改造得完全不會不自然。

「不要告訴任何人喔。」

宇野先說了這麼一句，然後從紙箱裡拿出一樣又一樣的東西。是ＣＤ、海報、圓扇、吊飾、寫真集等，也就是所謂的偶像周邊。拿起來一看，就知道全都是「ＢＯＴ48」的周邊。一本叫《星葛真夜First寫真集》的書上甚至有親筆簽名。

幾分鐘後，桌子與地板上都被這些偶像周邊擺滿滿的。床上擺著許多服裝。「啊，這是真夜參加廣播節目公開錄音時的劇本。我參加後援會企畫，結果抽中了，厲害吧？這可是全世界只有一個人拿得到的喔。」「還有這個是ＢＯＴ第一次來月見野市的時候——」她一件一件開心地解說。她的表情看起來真的好開心，眼睛有著像是看著心上人的陶醉光輝。

仔細一看，除了偶像周邊以外，還裝了各式各樣的東西。例如叫《一個人也能練的發聲練習》的書，或是寫著《跟ＴＡＢＡ上舞蹈課》的ＤＶＤ等，很多東西都看得出她腳踏實地努力的痕跡。

——她是真心想走這條路啊……

我看著這些東西以及少女歡喜訴說的模樣，有點看傻了眼。

過了一會兒，宇野她……

「……啊。」

她似乎發現自己說太多，便摀住了嘴。

「對不起，我講得太開心……你嚇到了嗎？」

「咦？啊啊，不會。」

「你沒想到我這麼真心投入吧？」

「嗯……」我老實回答。「可能有點嚇一跳。」

「我不知道姊姊跟你說了什麼，但是我跟你說，你不用勉強自己。這是我個人的問題，而且平野同學你自己的事情也很忙。姊姊那邊我會去跟她好好說。」

宇野一邊珍而重之地用面紙擦拭鑰匙圈表面，一邊照原樣收回紙箱內。她是為什麼會拿這些東西給我看呢？是認為給我看了大量的周邊，我就會「嚇到」？還是說，另有理由？

只是，有件事我想先問清楚。

「妳瞞著父母嗎？」

收在紙箱裡偽裝成「參考書」的偶像周邊，隱約讓我覺得和以前男生藏A書的地方有點像。

「嗯，瞞著。」

少女一件一件珍惜地看著這些周邊，有髒汙的地方就擦乾淨，衣服有皺褶就攤開來折好。從她的動作很能感受到她真的很珍惜這些東西。寫真集上了透明的書套，還收進盒子裡。

「也許你已經聽姊姊說過。」宇野吞吞吐吐地說了。「我們家父母都是老師，親戚也幾乎都是公務員。雖然不是說所以一定要怎樣，但他們對這種領域就是不太諒解。」

「可是，既然是興趣，有什麼不好？只要好好念書，當偶像的歌迷只是一種興趣，那應該沒問題吧？」

「就是因為在學業方面出了點問題……畢竟我，應考失敗了。」

「應考失敗？」

「啊，那個……其實我第一志願是別間學校，但國中和高中的入學考都在考試前夕搞壞了身體，沒辦法好好應考。我本來就是個很怕壓力的類型，遇到大考前夕，很容易就會身體不舒服。然後，日程上沒問題的就是現在的月見野高中。」

「原來這是妳的第二志願？」

「呃……其實，差不多是第五……」宇野說得有點顧慮。

噢，原來如此，我恍然大悟了。之前就有聽傳聞說宇野的成績是全學年頂尖水準，為什麼會來讀我們高中。就算她說是第五志願，我也覺得合理。除此之外的四間大概都是東京都內的私立升學名校吧。宇野在全國模擬考都能名列前茅，憑她的實力，只要能好好應考，應該考得上偏差值很高的學校。

「對這些跟偶像有關的周邊，爸媽從以前就不會有好臉色，但從我接連應考考不好以後，他們看待這些的眼光就愈來愈嚴厲。『下次妳再考不好，人生就完蛋了』這句話，媽媽已經說得像是她的口頭禪。所以，我也盡量藏起來，到現在就弄成這樣了。」說著她拍了拍紙箱。

聽到這一步，我才發現自己還沒問到最關鍵的問題。

「說起來，妳為什麼想當偶像明星？」

「這個啊，是因為我小時候去遊樂園看到表演，當時還沒加入BOT的星葛真夜——」她回答到一半就聽到走廊傳來聲響。「宙海～～！」聽得見有人叫她。

「糟糕，是媽媽！」

宙海趕緊將剩下的偶像周邊收進紙箱，嘿咻一聲抬起來，搬進壁櫥。她將紙箱用力往裡塞，還在上面疊了其他紙箱藏好，然後緊緊關上壁櫥的拉門。

「來了～～」

她打開鎖上的房門，下樓梯。「是誰來了？」「是我學校的朋友。」聽得見這樣的對話。「這鞋子，是男生的吧？」「嗯，對啊。」

「妳跟男生在房間獨處？」我心想不妙，開始想藉口。雖然沒有問心有愧的地方，但宇野的父母在這方面大概會很不好應付，這種時候多半還是早早走人比較好——

就在我想著這樣的念頭，重新穿好外套時。

「別擔心啦。因為——」這時宇野告知令我意外的事實。「因為冥子也在一起。」

——咦？

就是在這個時候，房門無聲無息地打開，一名少女走了進來。

她用黑色絲帶綁起一頭黑色長髮，剪得齊平的瀏海下有著虛空似的目光。

黑井冥子。

——原來妳在！

我太過震驚，不由得凝視對方。直到剛剛，我都沒察覺她在。而且，她是待在哪裡？走廊？隔壁房間？

「妳到底從幾時就在了？」「…………」「是宇野拜託妳來？」「…………」

她什麼都不回答，只是用虛空般的眼眸看著我，轉過身去。她下了樓梯後穿上鞋，不發出腳步聲就從門口消失了。

「哎呀？冥子已經回去啦？」

「剛剛才走的。那麼，我也差不多……」

「對不起喔……媽媽跑回家來了。」

最後這句話說得比較小聲。意思多半是既然母親在家，就不想談偶像的事情吧。

我正要穿鞋，卻忽然一陣尿意。大概是剛才喝的可可造成的。

我先對宇野說了聲「可以借個廁所嗎」，然後從走廊往回走了幾步。但我走進廁所的瞬間，手機就響了。

「……是涼介啊？」

我還是先接了再說。『大地同學～～我有些地方怎麼也搞不懂，教教我嘛～～』他這麼哀求。我很想跟他說晚點再說，但難得他在念書，我不想潑他冷水，所以還是在當場教得了的範圍內教他。

「……這類問題，不記住『熟語』就解不開。笨蛋，才不是『熟女』，是熟語啦。就是英文常用片語。之前我不是跟你講過一本參考書嗎？對，你就先把那個《英文成語500句》背起來……啥？問我怎麼背？你不是買了片語卡嗎？……沒錯沒錯，講出來，寫下來，重複這樣來背。不好意思，我尿意要到極限了，之後的到學校再說。」

涼介一直不得要領，我勉力教到能說服他的程度，這才總算上了廁所。我一邊心想「這可在別人家廁所裡待太久了」一邊就要走出廁所。

「——才不是！」

我嚇了一跳，停住去推門把的手。

我立刻聽出是宇野說話的嗓音，但問題是她接下來說的話。

「這到底是怎麼一回事？妳不是跟媽媽說生涯規畫意願調查表上填了『國立大學』嗎？」

「我有好好寫上國立的法學系啊，可是還有第二志願欄，就寫在這一欄而已。」

我聽見宇野與她母親在客廳裡談話。搞不好她們以為我已經回去了。如果是這樣，就有點不方便出去。

她們繼續談。

「為什麼是明教大學？而且還是文學系？媽媽不是告訴過妳文學系對找工作不利，叫妳不要選嗎？」

「那間學校的文學系有對媒體論還有大眾傳媒相關情形很熟的教授，而且也有很多專門科目可以修，還有，也出過很多有名的記者……」

「是秋櫻給妳出的主意是吧？」

「這和姊姊沒有關係。」

「妳說的大眾傳媒相關，不就是指秋櫻嗎？媽媽從以前就一直跟妳說不可以模仿她。她明明國立大學畢業，到現在卻還沒有穩定的工作，遊手好閒……」

「姊姊才不是遊手好閒，是自由記者。」

「還不是差不多？」

「完全不一樣啦。是說，不要講姊姊壞話。」

母女間的互動起初感覺是兩條平行線。我想起以前看到伊萬里和母親吵架的情形，卻莫名感受到一種前所未有的窘迫感。

「——將來，要怎麼辦？」宇野的母親以開導的口氣說。「我們就假設妳當了記者吧。然後，如果工作不上門了，或是生病，還是要結婚、做家事跟育兒，妳要怎麼辦？沒有錢可就沒有辦法生活喔。」

「這……」宇野的音量變小了。「靠存款，那個……」

「存款這種東西，一旦沒了收入，三兩下就會用完。就算有五百萬圓的存款，如果五百萬的年收變成零，就只能維持一年喔。當然也有失業保險金之類的可以領，而且只要省吃儉用，應該可以延長一些，但到頭來還是一樣。重要的是，有穩定的工作、穩定的收入、穩定的退休生活。看是要找終身僱用的公司，還是能用一輩子的國家證照。要是沒有錢，想做的事情也會沒辦法做喔。媽媽說的話有什麼不對嗎？」

「這……」宇野再也無法反駁。

「妳想想以前。妳考國中和高中，不都是在緊要關頭搞垮了身體，考失敗了嗎？考大學啊，是妳最後一次機會從現在這種偏差值低的高中回到像樣的路上喔。妳聽好了，明天要去找老師，好好重寫過。第二志願也要寫國公立大學，明教大學寫在第三，而且絕對不要寫文學系，知道了嗎？」

「好……」我聽見宇野像宣告敗戰似的無力說話聲，然後又聽見一陣腳步聲從廁所門前走過，一路走上樓梯。二樓傳來砰的一聲關門聲，讓我覺得像是少女唯一能做的一點點反抗。

我慢慢開門，像個闖空門的小偷躡手躡腳走到玄關，無聲無息地穿上鞋子，輕輕打開家門，離開了宇野家。

——將來，要怎麼辦？

我總覺得這句話也有點像是對我說的。

「穩定的工作、穩定的收入、穩定的退休生活……」

我像咒語似的喃喃唸誦這幾句話，在灰濛濛的天空下，拖著沉重的腳步踏上歸途。

5

——有新影片上傳了——

智慧型手機跑過快報，我以非常忿忿不平的心情，用圍裙擦乾洗東西而弄濕的手，播放影片。

「唔……」上傳到熱門影片投稿網站的影片還是一樣旁若無人，從上空拍到月見野市的街景，慢慢移動，隨即下降。然後又漸漸可以看到銀河莊的深藍色屋頂。

他們到底想做什麼……

那空拍影片「星乃的城市」之後也頻繁更新。播放數還不滿三十，這應該大部分都是我和星乃觀看的次數。由於就只是普通的空拍影片，沒有任何宣傳或解說，瀏覽數當然也不會成長。但相對地，也就更讓人搞不清楚上傳者的目的，散發出一種令人發毛的存在感。

「妳看了嗎？」「……嗯。」電腦桌另一頭傳來小聲的回應。星乃多半也看過了上傳的新影片吧。

「有發現什麼嗎？」「……嗯。」「是嗎？」「……嗯。」

「嗯？」這時我發現星乃的情形不對勁。

我先停止播放影片，站起來一看，發現少女在電腦桌另一頭忙著進行作業。聽得見金屬摩擦的唰唰聲，以及「嗯……」像是滿意的聲音。

她在做什麼……？

我隔著電腦桌湊過去看，少女在動一台像是大型遙控直昇機的東西——不，不對，這是——

「是無人機嗎？」

「——！」

她像是嚇了一跳，轉頭看我。

我心想：我們到剛剛都還在對話，有什麼好驚訝？但仔細想想，又覺得少女其實只說了：「……嗯。」想來大概是聽也沒聽就隨口應聲。

「原來妳會做無人機？」

「嗯、嗯。」

仔細一看，機體已經接近完工。和偷拍銀河莊的那架無人機很像，但這台的螺旋槳更多。

「多旋翼機？」

「主旋翼有八組，所以正確說來是八旋翼機。」

「真虧妳做得出來。」

「本來是市面上賣的成品。八旋翼機比四旋翼機穩定，但不夠靈活，所以我才像這樣調整，還有大小也改了一下。」

她這一說，我才想起的確曾經有個巨大的郵購紙箱送到玄關。那就是買來的無人機或是零件嗎？「啊，這些是什麼？」「不要碰。」正當我好奇心起，開始觀察散落在星乃四周的無人機零件時。

——！

「嗶～～」一聲尖銳的聲音響起。

「警報……？」往牆上一看，牆上的面板在閃爍，分成四格的螢幕在發光。是這個家的主人架設的監視網。

「Saturn，關掉警報。」

星乃一聲令下，聲響停了下來。附帶一提，「Saturn」是這銀河莊監視系統的暱稱，與對講機的暱稱「Jupiter」一起掌管這個家的保全系統。

「沒有人來耶。」

平常會來銀河莊的人物都經過人臉辨識，註冊在「Saturn」之中。雖然覺得這有侵犯個人資訊的疑慮，但主要就是我、真理亞、葉月與銀河莊的居民，除此之外再加上郵差與快遞配送員。所以只有配送員換人、有人來丟傳單到信箱，又或者是來賓第一次來訪的情形，警報才會響，但現在四周看不到任何人。

「是誤報嗎？」

「不是——你看。」星乃操作面板，放大畫面。

啊……！

監視攝影機拍的不是地上，而是上空。

這個在銀河莊上空悠然飛行的物體是——

「看來試機的機會來了。」

星乃舉起八旋翼機，剽悍地笑了。

○

懸浮在上空的神祕無人機慢慢迴旋，睥睨我們。

不知道上面的攝影機是單純在錄影，還是有人正即時監視我們。唯一可以確定的就是像這樣大白天就光明正大出現，並長時間滯留，這件事本身就傲慢無禮又令人不悅到了極點。

「我們上。」「行得通？」「現在就是要測試這個。」「這種事情，不是需要政府許可？」「我都有打點好。」

星乃從懷裡拿出幾頁文件，上面寫著「無人航空機飛行相關許可／核准書」，還寫著國土交通大臣的名字。

「妳什麼時候弄的……」

「你的名字我也放上去了。」

「不要自作主張。」

「還有業餘無線電執照和無線電台開台執照我也有。畢竟爸爸很喜歡這些東西。」

我聽說過由於無人機是靠電波操作，需要有無線電相關的知識。尤其無人機比賽，更需要擁有無線電執照。

「該不會，妳爸爸也從ＩＳＳ和妳通訊過？」

「真虧你知道。」

「因為我也曾經想應徵。」

太空人從ＩＳＳ用業餘無線電和待在地球上的兒童連線，這種節目從以前就有，也有為了進行這種通訊而開的課程。星乃的父母是太空人，會對無線電通訊有興趣也許反而是很自然的事。

少女比平常更生氣蓬勃了些，操作手邊的電腦，對無人機進行設定。星乃手工改造的無人機放在銀河莊的庭院，往外伸出觸手般的八根支柱令人聯想到曬乾的章魚。八旋翼機（Octocopter）的「八（Octo）」也是章魚的英文單字Octopus的字首，所以可說當然會有這種聯想。

「——發射（Lift Off）！」

少女操作手上的比例控制器——也就是所謂的遙控器，無人機的螺旋槳就動了起來。轉速迅速增加，輕飄飄地飛上了天。

「喔喔。」

「等等，你拿著螢幕啦。」

「好好好。」我拿著的筆記型電腦上顯示著星乃所操縱的無人機數據——速度、高度、損傷程度等的資料，還即時顯示無人機上配備的攝影機畫面。星乃拿著的比例控制器上也有小小的螢幕，可以從多角度觀看同樣的畫面。

其實我不想讓她在外面操縱無人機。可是，既然星乃已經一手抱著無人機衝出去，我也不得不一起跟來，畢竟我總不能用繩子綁住她。

「現在的高度是多少？」「十公尺多一點。」「報得更詳細一點。」

「十三、十四、十五、十六……」「隱形機的高度呢？」「隱形機？」

「機身會像鏡面一樣反射，融入周圍景色，所以是隱形機。有什麼奇怪嗎？」

「不會……」敵人是隱形機。這名稱很傳神。「那就這麼稱呼吧……呃～～敵方隱形機在大約五十公尺高度迴旋中，沒有變化。」

無人機上裝的高度計，似乎是她買了市面上賣的雷射測距機改造而成。包括無人機本體在內，真不知道她到底投入了多少開發資金，但仔細想想，她其實是個一身繼承了天文數字遺產的資產家。只是我也聽說過考慮到她的際遇，她多半不會有正常的金錢觀，所以每個月的生活費與零用錢都是由真理亞在管理。

「與敵人的距離，二十公尺，十九、十八、十七……啊，距離拉開了。」

「也就是說敵人想跑了是吧。」

星乃操作比例遙控器，拉升無人機的高度。

「追是為了什麼？」我一邊來回看著螢幕與天空，一邊問起。

「當然是為了揪住對方的尾巴。」星乃用指尖用力按下推桿。「要怎麼揪？」我如此反問。

「只要拍到解析度高的畫面，就能對掌握對方的真面目派上用場。還有，也能知道對方的機體性能。說得再貪心點，我是想捕獲對方機體，可是──啊、啊、啊！」

星乃突然慌亂地連連短聲驚呼。抬頭一看，她操縱的無人機開始蛇行，弄得左支右絀。其間「敵方」的無人機仍不斷爬升，距離愈拉愈開。「喂，要墜毀了！」「我知道！」「要是砸到行人怎麼辦！」「就說我知道了！」我們還在互喊，無人機不斷飛往不對的方向，眼看會這麼一路撞上附近的住宅。

「給我！」「啊！」我從星乃手上把比例控制器硬搶過來，操作無人機。我一瞬間想動用一鍵自動歸還功能，但現在高度已經降得太低，有撞上電線或住宅之虞。我小心翼翼地拉升高度，盡可能不接近附近的住宅，讓無人機循著弧線軌道飛行，回到手邊。

過了一會兒，無人機在銀河莊的庭院慢慢降落。看上去沒有地方損壞，也沒有碰撞的跡象。我鬆了一口氣，但抬頭一看，「敵方」的無人機已經不見蹤影。

「…………」少女被搶走操縱權，不滿地鼓起臉頰瞪我。但想到我平安救回無人機的功勞，似乎又不好意思當場抱怨。

「平野同學……操縱過無人機？」

「是沒有，不過遙控直昇機倒是有。啊，不對，國小的時候，在真理亞家有玩了一下……現在回想起來，那可能是無人機？」

「唔、哦～～……」

「倒是妳，連這些都不知道，就不要擅自拿別人的名字去申請執照。」

「有什麼關係？『控制飛行者』的欄位只有一個人，就覺得好寂寞。而且，要是官員看了申請文件，覺得我是個沒人陪的傢伙，那不是很讓人火大嗎？」

「妳就是會無謂地在意這些事情啊。所以，最重要的隱形機畫面有拍到嗎？」

「這……」星乃檢查拍到的影片。畫面上拍到藍天，有敵方隱形機掠過的場面，但也因為距離太遠，只有豆子大小。

「下次我會改成自動駕駛。」「在市區不推薦啊。等等，這是什麼？」「怎麼了？」「妳看，畫面裡頭有奇怪的白線——」

「平野同學，那個！」

接著我們仰望天空。

視線所向之處。

一道光掠過天空。

「流星……？」「更像是火球吧。」「啊，分裂了。」

星乃所說的「火球」發出鮮明的光，從高空掠過。途中分裂成好幾塊，碎片各自發著光，就像精彩的航空表演一樣，拖出白色的軌跡掠過天空。

一瞬間，我想起了大流星雨，但看上去顯然不同。火球就只是一直分裂，過了一會兒後……

灑落在我們月見野市。

第二章 E・T

1

【大白天的流星雨——是隕石墜落？】二〇一七年十一月五日　同時通訊社

昨天下午三點半左右，有民眾目擊×縣月見野市上空有多個發光物體墜落，並將目擊情報告知ＪＡＸＡ與國立天文台等相關機構。根據ＪＡＸＡ的說法，這些物體就像流星雨拖著尾巴，花了幾分鐘的時間朝地面墜落。目前並未有造成人員傷亡或財物損害的消息。各社群網站上也有多名網友上傳了拍到發光物體的影片，還可以看到物體在上空分裂的情形。目擊此現象的月見野科學大學浦野初彥準教授（天文學）表示：「看起來像是小天體衝入大氣層後，在上空碎裂，發著光墜落。我想遲早會在市內發現不只一個隕石碎片。」

「隕石……」

我在上完最後一堂課的教室裡看完才剛發布的網路新聞，喃喃唸著這個字眼。

隕石墜落。雖然並未斷定，但報導上確實是這麼寫的。後來我和星乃都看過畫面，她的意見也一樣。「隕石在空中分裂，成了很多顆火球。」她的看法和新聞一樣。

問題不是在這裡。神祕隕石在月見野市墜落——

「真有這種事情發生過嗎」？

隕石墜落這件事本身並不稀奇。以最近來說，二〇一三年俄羅斯的車里雅賓斯克州就有巨大隕石墜落，衝擊波造成四千棟以上的建築物受到損害，人員傷亡也超過一千人。民眾裝設在汽車儀表板上方的攝影機拍到隕石在大白天發光墜落的驚人影片，散布到了全世界。先不計損害如此巨大的案例，每年世界上都有隕石墜落，先在大氣層燃燒殆盡，剩下的殘渣撞擊到地球上。儘管各研究機關估計出來的數量不同，但已經確定會以每年數次的頻率發生有隕石撞擊地面的情形，在日本國內，至今也已經確定有五十顆左右的隕石。

然而，這次是特例。既不是俄羅斯，也不是日本國內遙遠的別處。是我們「家鄉」有神祕隕石墜落。網路上發布了新聞，在各社群網站上也成了火熱的話題。在離自己這麼近的地方發生這麼有震撼力的事情，我真的有可能直到今天都忘記嗎？我以前是個喜歡觀測天文，不時會去參加太空相關活動的天文迷，有可能在「第一輪」不知道這件事嗎？除非是喪失記憶，又或者——

除非這個世界「和第一輪不是同一個世界」。

——我……

教室的景色看上去就是和平常顯得有點不一樣。熟悉的黑板、講桌、同班同學說話的聲音，就像異世界似的發生語意飽和崩解，將我從這個世界當中抽離。

正當我想叫自己冷靜，伸手扶額時。

「——平野同學。」

我聽到說話聲，抬頭一看，綁著兩條辮子、戴著眼鏡的少女站在我面前。

「Universe？」

我喃喃叫出這綽號，宇野也不糾正，說道：

「有空講幾句話嗎？」

2

以十一月而言，校舍的屋頂還挺暖和，太陽送來了柔和的陽光。

「沒有任何人在……吧。」

宇野先確定沒有其他人在，但仍不想引人矚目，繞到機械室的後頭。以前曾聽涼介說過這個地方由於建築物後方的段差，剛好變得像長椅一樣，所以是情侶放學後會跑來的約會勝地。宇野大概不知道有這回事就是了。

「對不起喔，你正要回家。」

「不會。那……」雖然覺得有點擺明裝蒜，我還是主動問問看。「妳後來，跟爸媽談過志願表的事了嗎？」

「嗯……」

宇野的表情突然轉為黯淡。

「就在平野同學你回去之後講了。我若無其事地提出能不能更改志願。我在志願調查表填上了私立大學的文學系。」

我靜靜點頭，等她說下去。

「這個學系有媒體論的課，有個在學會很有名的老師。本來是姊姊曾經去採訪過這位老師，我就是看了當時的報導，產生了興趣……其實我是想填『偶像明星』，但我沒有勇氣……」

這我懂。要在志願欄寫「偶像明星」相當需要勇氣。

「宇野為什麼想當偶像？迷偶像我懂，但妳想當到寫進志願欄的程度？」

我提起了上次問不出口的問題。

「你聽了不要笑喔，這可是我第一次跟別人說。啊，當然我是說除了姊姊以外。」

宇野臉頰有點泛紅地說了。那是她平常在班上不會露出的表情。

「小時候啊，我去了遊樂園。平野同學應該也去過吧，月見野神奇樂園。」

「好懷念啊。」那是一間月見野市與隔壁市交界線上一座山上的小遊樂園。雖然沒什麼特色，但這一帶的小孩都會被家人帶去個一次。只是，這遊樂園雖小，卻很愛找藝人來表演，只有辦各種活動或演唱會的時候會很熱鬧。

「你也知道，遊樂園不是常常會搞變身英雄表演嗎？那次還辦了給小女生看的表演，叫『星光☆公主』，看了讓我覺得……好好玩。」

少女彷彿回到了童心，眼神發亮。

「那次的表演，真的棒……該怎麼說，不是一般逗笑大家或是炒熱氣氛而已，那個偶像女生——就是現在ＢＯＴ的星葛真夜——她開始唱歌，然後大家都開始模仿她的舞步，還一起揮手，跳躍，喊話……也許該說是整個會場都融為一體了。」

宇野的話停不下來，她的眼睛就像冒出星星似的閃閃發光。

「我啊，從以前就很容易怯場，屬於那種遇到大場面就會表現不好的類型。一旦有人視線對著我，那視線就會對我形成很大的壓力。可是啊，那個時候我看到的偶像明星完全不是這樣。有好幾百個遊客的視線都集中在她身上，她不但不緊張，還把所有歡呼都化為力量，唱歌、跳舞，和觀眾合而為一……真的在發光發熱。我就想到，啊，這女生擁有所有我缺乏的東西。我全身從內到外都在顫抖，從那次之後，真夜就一直是我嚮往的對象。所以啊……雖然我也知道這樣講很誇張，可是……」

少女十指用力交握。

「我就想到我是不是也能……變得像她那樣……」

換作前不久的我，也許已經嗤之以鼻。偶像明星？都上高中了，還講這種夢話。可是現在的我不一樣，我絕對不會嘲笑別人的夢想。哪怕這夢想實現的機率很低，就像涼介，就像伊萬里，還有像星乃那樣——因為我已經知道追逐夢想的人生有多麼美妙。相信對宇野而言，這是個非常重要的夢想。聽宇野剛剛說的那番話就感受得到她非常嚮往，也認真想著要成為偶像。這我懂。

只是——

「宇野將來應該是公務員」。

我在「第一輪」的人生裡和宇野不怎麼熟，就只是因為宇野是班長，成績頂尖，是全校知名的人物，所以會從別人口中聽到她的消息。她應屆考上當地一間很難考的國立大學，之後在縣府就職。到這裡都是確定的消息。而且在同學會聊到宇野時，也聽到了一些這樣的消息，所以這是宇野已經「確定」的未來。我完全沒聽到她當上偶像明星或加入演藝經紀公司旗下這樣的消息，而且如果「宇野宙海」這樣的人物當上了偶像明星，班上的大家絕對不會不知道。所以就邏輯而言，必然可以確定「宇野宙海在二十五歲時並未出道成為偶像明星」。

如果有可能性，那又還好。只要有希望，哪怕只有1％，都是好的。然而宇野的情形不一樣，那是100％確定會失敗的路線。舉例來說，就像是一張都不會中的獎券，這樣的獎券可以讓人抽嗎？而且還要讓宇野賠上「穩定」的未來？

「……平野同學。」我還在猶豫，宇野就先開了口。「對不起喔，讓你這麼為難。陪人商量這種事很困擾吧。」

「啊啊，不是……」我想否定，但說不下去。

「看著最近的平野同學，總覺得也許會不一樣。」

「最近的……我？」

她嗯了一聲點點頭後，低著頭說下去。

「平野同學啊，最近不是一直在教山科同學功課嗎？說要考上醫學系。」

「這……嗯。」

「我覺得好厲害。坦白說，我沒想到山科同學會那麼認真地開始念書，也沒想到平野同學會那麼理所當然地陪他。」

「我沒做什麼大不了的事情，厲害的是努力的涼介自己。」

「不是的。」宇野搖搖頭。「換作是我，一定沒辦法那樣。你也知道，山科同學之前不是都打著輕浮男的形象嗎？但他卻突然改變路線，說要考醫學系。我認為這需要的能量超乎想像地大，至少我辦不到，能這麼坦然支持他的平野同學好厲害。」

「不是的。」

被她誇獎讓我很不自在。因為這不是在害臊，也不是謙虛，是我真的沒做什麼大不了的事情。

「坦白說，我那只是現學現賣。」

「現學現賣？」

——最後都會覺得「管他的！」就衝進去。

「全都是跟伊萬里現學現賣。我找她商量，然後聽她說了很多讓我驚醒過來的想法……我才會去鼓勵涼介……所以，這裡面沒有一丁點是靠我的力量。」

我把請教過伊萬里的事告訴宇野，說要在對方背上拍一記來鼓勵對方，最後就不管三七二十一地衝——宇野興味盎然地聽我說起這些，時而睜大眼睛，時而點頭。

「這樣啊……」

宇野微微拉起視線，看向屋頂外頭。學校後方有著一大片住宅區，更過去還可以看到群山。

「好厲害啊，盛田同學。」「是啊，伊萬里很厲害的。」我由衷同意。對我而言，盛田伊萬里這個人閃亮到耀眼的地步。相信那一定是人追逐「夢想」的光芒。

「我答應陪妳商量還這樣說，實在不太對，但我覺得如果是伊萬里，對妳一定也會是個好的商量對象。」

這是我的真心話。我由衷覺得伊萬里可以。

「我也會在場，下次我們一起去找伊萬里談——」

「這樣不行。」

「咦？」

「盛田同學不行。」宇野用力搖了搖頭。我沒想到她會這麼回答。

「為什麼？」

「因為太強。」宇野立刻做出回答。她就像在承受痛楚，用力握緊放在大腿上的手。「我想你應該聽姊姊說過，我啊，是個『模範生』。」

她說得像是在輕蔑自己。

「我對爸媽或老師這類立場在『上』的人，說什麼都會回答：『是！我明白了！』我就是這樣的模範生，所以每年都當班長。其實我覺得差不多可以了，也想要有自己的時間，可是老師一問：『宇野，今年妳也願意幫忙嗎？』我就沒辦法拒絕。」

「為什麼沒辦法拒絕？」

「這個地方啊——」少女按住自己胸口。「會揪在一起。」

「揪在一起？」

「該說是縮在一起，還是萎縮……一想到如果這時候拒絕，對方一定會露出遺憾或不滿的表情……我胸口就會揪在一起，什麼話都說不出來。」

「也就是所謂的察言觀色吧？」

「也可以這麼說，不過是更不好的那種。跟你平常那種察言觀色又不一樣。」

「我？」

「對不起，你不要不高興，聽我說。我自己就是個超級『察言觀色族』，所以隱約看得出來。平野同學是個不管什麼時候都會看氣氛的類型，避免和對方產生摩擦，精確地選擇要回答YES還是NO。該說是節能，還是CP值高……」

她說得一點也沒錯。

「我什麼都回答YES，所以不太一樣。但同樣身為『察言觀色族』，我有點羨慕平野同學這種識時務的一面。」

「別說了，我可一點都不開心。」

我就是因為這樣而搞砸了人生。我看氣氛，美其名為重視CP值，到頭來弄得失業又身無分文。聽在縣府就職的宇野這麼說我，怎麼聽都只像是諷刺。

「山科同學也是同樣的類型，會看氣氛，在意周遭。雖然他演得像是個輕浮男，但其實還挺在意旁人怎麼看他的這種形象。」

她評論人實在太精準，讓我連應聲都忘了。

「所以我才覺得意外，沒想到那樣的山科同學會突然開始那麼用功讀書。然後，平野同學支持他，也讓我很意外。所以我一直很好奇，想知道你們兩位發生了什麼事。所以，這次姊姊要我『找平野同學商量』，我就覺得這事情來得正巧，搞不好我可以了解你們兩位。這樣一來，也許在我的生涯規畫方面也可以找到一些啟發。」

「妳對大家觀察得好仔細啊。」

「因為我是察言觀色族。如果不知道對方是什麼類型，就沒辦法相處得好。我的本性膽小得不得了。看起來我跟誰都可以聊得很好吧？但不是這樣。我只是因為不想樹敵而到處陪笑，該怎麼說……是一種朋友外交。」

「朋友外交？」

「其實不熟，但又不想對立，所以適度地做好『外交』。畢竟我是班長，處在很容易引人矚目的立場，這麼做也是為了在分派各種事情時不至於有人抱怨。」

「這樣啊……」這個意外的事實讓我有點不知所措。我本來還以為宇野很擅長社交，能夠領導全班，成績又好……以為像她這樣的類型，校園生活過起來一定最愜意。沒想到她竟然這麼顧慮周遭。

「所以，我覺得盛田同學這樣的類型好耀眼。她不討好任何人，直直走在自己的路上。我就學不來，沒辦法像她這樣……怎麼說，因為就算有人在我背上拍一記鼓勵我，我也一定會在原地停下來。就算當下有了勇氣，之後只要媽媽說『這種生涯規畫不會穩定，不要走這條路』，我也一定會因為這幾句話就退縮而沒有下文。」

少女又用手按住胸口。

「很奇怪吧？都上了高中，還對爸媽跟老師這麼抬不起頭來。」

「妳的母親這麼可怕嗎？」

「也不是可怕，我想是因為以往我都不曾違逆她，才會一直服從。」

「服從……」

小孩對爸媽用這句話未免顯得突兀。

「我和平野同學不同的地方，就在這裡。」

「咦？」

「就算同樣是『察言觀色族』，你不管聽爸媽或老師說了什麼，該說是陽奉陰違嗎？就是表面上低頭，但不是由衷服從的類型。因為違逆就會麻煩，所以是經過盤算才低頭，這就是平野同學的作風。」

我連話都說不出來。

「我啊，不一樣。我低頭的時候，是連心裡都服從了。」

「這會不會說得誇張了點？」

宇野搖搖頭說不會。

「真的就是這樣。我自己的事，自己最清楚。一有人對我說什麼，我就會心臟揪在一起，再也沒辦法抗拒，連話都說不出來，思考會停止。這是為什麼呢？連我自己都覺得很沒出息，但我已經是……」

宇野唔的一聲把身體彎成く字形。

「精神上的奴隸。」

我好想說些什麼，想對她說幾句話。宇野說得流暢，臉上卻有著我從未見過的表情。正經，而且苦悶的表情。她現在很痛苦。她明知對自己現在所處的狀態沒有任何幫助，還是像這樣對我吐露心聲，是因為內心深處對我有所期待。

不是期待伊萬里，而是期待我。

我想說些什麼，可是我不知道該說什麼才好。

——等級太低的勇者先生？

我深深體認到之前被人說過的這句話有多真切。

就在這個時候。

聽見「嘰呀」一聲響。我立刻聽出是屋頂的門打開的聲音。接著，連腳步聲都沒聽見就看到「她」出現了。

——！

繞過屋頂的機械室現身的，是一名女學生。她的黑色長髮像簾子似的垂下，以虛空的眼睛盯著我看。

「嚇我一跳，原來是冥子啊。」

宇野鬆了一口氣。

「…………」黑井什麼話都不說。

突然的訪客舉起手指，指向宇野的手。宇野看了看自己的手錶。

「啊，糟糕！補習時間到了！」

她站起來。

「對不起喔，平野同學，改天見！」

「嗯、嗯……」宇野輕輕拍了拍裙子，快步離開屋頂。

我覺得一瞬間和黑井對看了一眼，但不知不覺間，屋頂的門已經關上。

3

「哈……啾！」

原原本本保留了十一月寒氣的室內，聽見少女打噴嚏的聲音。今天已經好幾次了。

我待在平常待的桌前作業，嘆了一口氣。

「既然會冷，開暖氣不就好了？」「用不著。」「會感冒。」「用不……哈啾！」這個家的主人當成大本營的電腦桌另一頭，傳來粗魯的抽衛生紙聲，然後就是滋滋作響的一陣不像少女該有的擤鼻涕聲。

——實在是……

天野河星乃這個少女，夏天會猛開冷氣，冬天卻基本上都不會開暖氣。她會用運動服、毛毯或棉被在身上裹得一層又一層，短褲下露出的大腿卻起雞皮疙瘩。雖然她這樣也不是一天兩天的事了，但奉陪的一方可受不了。

「——我說星乃。」

我一邊開電腦一邊站起。星乃沒有回答，但頭動了一下，於是我說下去。

「我想了一下，我覺得緊急狀況下要怎麼做，最好還是先決定好。」

「……啥？」

星乃總算轉過頭來。她難得取下耳機，回問我：「緊急狀況？」

「妳也知道，最近不是常有無人機之類飛到這個家周圍嗎？而且又有Europa那種情形，該怎麼說，遇到緊要關頭可以互相聯絡的，呃，是叫熱線嗎？我想說最好可以安排這樣的聯絡手段。」

「用不著。」

「妳用不著，但我需要。」我不會這麼容易就被打發。「妳知道我的手機號碼吧？

妳的手機通話紀錄就有，最後兩碼是77的那個。要是有什麼狀況，隨時跟我聯絡。」

「我不聯絡。」

「妳啊……」

這也不是第一次了，但她還真是一點面子都不給。

「沒關係啦，妳就先記住。如果妳發了ＳＯＳ來，我一定會一分鐘就衝到現場。這可是比警察還快喔。像是銀河莊有暴徒闖入啦，或是又跑來那架無人機啦，只要妳覺得不妙，什麼事都儘管跟我說。無法通話的時候只響一聲也行，我會猜到妳有狀況。」

「…………」

星乃盯著我看，眨了幾次眼睛，然後說：

「響一聲就掛是炸蝦便當。」「我又不是外送便當業者。」「那我不打了。」「好啦，這樣也行。那響三聲以上就是ＳＯＳ。妳可要記住。」

「…………」

星乃沒回答，但這時我的手機響了。

【星乃】。

一看到顯示的這個名字，我就要按下通話鍵，但電話馬上就掛斷了。

接著星乃下巴往上努了努，問道：

「炸蝦便當呢？」

我輕輕嘆了一口氣。

「妳不要鬧了。」

結果鈴聲又響了。我正要說「妳不要鬧個沒完沒了」，結果發現畫面上顯示的名字是【真理亞】。

我按下通話鍵。

『啊～～大地，你現在人在哪啊～～？』

電話傳來我熟悉的嗓音。真理亞會在白天打電話來，還真是稀奇。

「也沒在哪，就在星乃家啊。」我朝星乃瞥了一眼，她也看著我。多半已經發現打電話來的人是真理亞了吧。

「要跟她說話嗎？」

『不了……我是想說，不知道你們要不要緊。』

「請問這話怎麼說？」

『你們兩個都還沒看六星的發表嗎？』

「六星的發表……？」一聽到這個名字，我立刻一陣心神不寧。他有什麼發表的時候，都不會有好事。

『詳情都寫在Satellite公司的網頁上。還有，不好意思，可以幫我看著星乃嗎？發表內容有點那個。』

「那個？……啊。」

我還沒聽到答案就已經猜到。

「該不會是，會澈底……碰到她逆鱗的那種？」

『也許會是目前最嚴重的。』

到底發生了什麼事……？

以前六星開記者會的時候，星乃就跑去電視台的現場直播節目找碴；而那場假帳號辦的「網聚」更弄得她激怒過頭，砸壞了螢幕。星乃沸點很低，而且一旦理智斷線就不知道會做出什麼事來。

我悄悄地像長頸鹿一樣伸長脖子，窺看星乃的情形。少女似乎聽見了我這邊的通話內容，已經在看電腦畫面。畫面上果然顯示出六星的身影。

要、要不要緊啊……

她戴著耳機，所以聲音傳不到我這邊。我心想不知道六星那傢伙到底在說些什麼，於是我也滑了滑手機，叫出Satellite公司的網頁。我一邊頻頻瞥向星乃，以便隨時可以因應她的「爆發」……

【新企畫通知。】

打開以PDF格式上傳的文件。我心想看影片大概還不如看這個快，於是迅速略讀一下。

【對於日前×縣月見野市上空發生的神祕天文現象，敝公司持續自力進行調查。結果，本公司所擁有的無人機成功採集到了墜落地點的隕石樣本。】

——無人機……

光是讀到開頭部分就覺得不對勁。

搞不好……他們就是為了採集「隕石」樣本，才會派出那架「隱形無人機」飛行？對手先前那些像是臨時起意的行動，終於漸漸看出意圖了。

文章還有後續。

【採集到的樣本，根據敝公司專職部門分析的結果，發現含有令人震驚的成分。我們從隕石內含有的物質當中驗出了疑似生物的有機物痕跡。也就是說，這是——】

下一句話衝進我的腦髓。

【「外星生命」。】

我不由得用手機打開新分頁，查看社群網站的趨勢關鍵字。上頭充滿了「外星生命」、「異形」、「外星人」等關鍵字。熱門搜尋網站的頭條也一樣，標題寫著「CS公司，發現外星生命」。

然而，要吃驚還太早了。

拉回文件一看，上面記載著更驚人的事情。

【透過本次採集到這外星生命的寶貴樣本，敝公司決定成立已經研究多年的新事業。也就是由知名的天野河詩緒梨博士提倡，卻未能完成的研究。】

那是個研究人體老化現象與太空輻射所造成的影響之間的關連，以時間之神「克羅諾斯」命名的夢幻研究——

這個時候，星乃碰響桌椅站起。

「……！」

她起身力道太猛，讓耳機的線拉撐，接頭從電腦上脫落。

畫面上的單眼鏡男以他那老樣子的流暢美聲這麼敘述。

『Chronospace Cell。』

那是星乃的母親在ＩＳＳ上進行實驗，卻因身故而未能完成的悲劇研究計畫。

『我們Cyber Satellite公司將延續天野河詩緒梨博士的研究，讓「ＣＨ細胞計畫」復活。』

影片一結束，室內突然安靜下來。

站起的少女什麼都不說，看著畫面，一動也不動。

——沒想到……她還挺鎮定的？

ＣＨ細胞的研究是由天野河詩緒梨提倡的計畫，據說曾達到接近完成的地步。本來人類就已經觀察到人體在太空會發生骨骼脆弱與肌肉衰減等類似老化的現象，以往都認為主要的原因在於無重力或低重力，而著眼於「太空輻射」對細胞造成的影響，就是ＣＨ細胞研究的開端。學界認為如果這項研究成功，能夠解析太空輻射對人體造成的影響，就可以「像停住時間一樣」，阻止隨著時間經過而產生的老化與疾病與進展，維持細胞的年輕。這個計畫有可能一口氣解決所有疾病與老化問題，為人類的醫學帶來革命。這個計畫由星乃的母親開始研究，星乃的父親在ＩＳＳ的艙外實驗平台設計出實驗空間，可說是由她的父母攜手進行的研究。同時也是在「第一輪」的世界，當上太空人的星乃說什麼也要完成的雙親遺志。去到遙遠的太空，接下雙親未能跑完的夢想棒子，就是星乃一輩子的夢想。

這個「夢想」——

被眼前這個人得了便宜還賣乖地「竄奪」了。

——聽說他們最近打算放一發大大的煙火。

宇野秋櫻掌握到的情報是正確的。這個煙火對星乃而言是再盛大，也再凶惡不過。

「星乃……？」

少女實在太久什麼話都不說，讓我擔心起來，繞到電腦桌另一頭看看。

「啊……」我看一眼就知道。

這母湯。我忍不住暗自用關西腔對她放棄治療。

她臉色蒼白，嘴唇像缺氧的金魚一樣痙攣地開合，身體頻頻顫抖。我和星乃認識很久，知道這是即將爆炸的炸藥狀態。我慢慢繞到她背後，因應「事態」。

下一瞬間。

「嗚——嘎——喔——嘶——！」少女發出令人分不清是怒吼還是怪叫的吼聲，當場爆發。她抬起腳，正要對正面的螢幕送上憤怒的一擊，而我就在這個時機整個人從後面架住她。「×××！我宰×××！看我把他×××再×××啊——！」

少女罵出不方便描述的粗話，卯足全力掙扎個不停。她的鐵肘命中我的側腹，後腦杓撞我的下巴，踱步踏我的腳，但我仍不放開少女。因為要是放開她，她就會像怪獸一樣到處肆虐，破壞房間，自己也會弄得一身傷。「混帳——六星——我——宰了——啦——！」「妳冷靜點啦——！」我和她一起大喊。星乃像一匹脫韁的野馬，讓我覺得自己好像騎上了鬥牛機，最後還一起倒在破銅爛鐵的汪洋中，在電腦零件與郵購紙箱上打滾，一心一意地承受。我一邊心想她這怎麼看都像營養不良的小小身體裡，哪裡藏了這種爆炸性的能量，簡直像是小規模的超新星爆發，一邊不停打滾。等到她轉數下降，漸漸穩定下來，已經過了幾分鐘的時間。我心想在玩具賣場哭鬧的小學生都比她乖一點，結果她的後腦杓猛力往我鼻子一撞，感覺得出還流了一點鼻血。電腦桌倒下，垮了。

「呼，呼，呼……！」

過了一會兒，我們兩人躺在地上，我壓在翻倒的電腦桌上，星乃又壓在我身上，我們就維持這種乍看還挺刁鑽的姿勢一起喘著大氣。

「吁……妳、妳冷靜點……了嗎？」「吁……吁……咻。」「吁……我、要放手嘍……？吁，可以嗎……？妳可別再……鬧嘍……吁？」「呼……別說了……放開我……」我們氣都喘不過來地對話。星乃長長的頭髮黏在我滿是鼻血的臉上，要是有人看到，肯定覺得慘不忍睹。

我放手後，星乃慢慢起身，當場咳了好幾聲。我扯下她黏在我臉上的幾根頭髮，撿起掉到地上被壓扁的面紙盒，一次抽了十張左右，擦掉臉上的鼻血，最後再用力把鼻血和鼻水都擤出來。

星乃癱坐在原地，仍然瞪著我，模樣就像一頭不懂得愛的負傷野獸，但我當這麼多年馴獸師也不是白當的。

「妳啊，不要太過分……」

我把被鼻血染成全紅的面紙丟進剛才大鬧時碰出裂痕的垃圾桶，瞪了回去。

「呼……咻！」她做出像是深呼吸的動作後——「平野同學你……」

「怎樣？」

「沒想到還挺耐打。」
「託妳的福。」
我們現在說話就像漫畫裡的不良少年那樣，在互毆一陣後莫名其妙地惺惺相惜。
「啊。」
這時星乃短短地驚呼一聲。
我正提防她是不是要來第二回合。
「平野同學，你流鼻血了耶。」
星乃說得像是這時候才發現。

4

「獨占……？」
「沒錯。」
真理亞整個人坐到沙發上，撥起瀏海，表情顯得有些疲憊。
因為出了那則新聞，也因為星乃大鬧了一場，真理亞這天比較早回家。我把星乃鬧得天翻地覆、我好不容易壓制住她的來龍去脈說完，葉月才剛幫我細心包紮好。

「關於隕石的樣本，目前ＪＡＸＡ採集到的量是零。就連當地的居民也沒有任何人採集到樣本，全都被那些傢伙拿走了。」

「用無人機？」

「對，用無人機。」

真理亞苦澀地喝了一口啤酒。

「流星雨已經確定是隕石了嗎？」

「嗯～我們部門的看法是這樣沒錯，但最關鍵的物證沒拿到手，無法確定。」

在上空碎裂的飛行物體撒落在整個月見野市，現在所有「碎片」都已經被Cyber Satellite公司的「無人機」收走。聽說當ＪＡＸＡ的人員與當地大學人士接到聯絡趕往現場時，已經只剩下小小的圓坑。

「Satellite公司有這樣的權限嗎？」

「畢竟法律上隕石屬於無主物。最先以所有之意思占有者，就會是所有人。民法二三九條。」

「可是，隕石碎片的數量那麼多耶。掉在別人家院子裡的碎片，Satellite公司也不能進去採集吧？」

「一般而言是這樣。用無人機擅闖會被抱怨。而且如果隕石埋進土地裡，就會變成土地所有人的財物，也不能擅自採集。呃～是民法第幾條來著了？」

「既然這樣……」

「我也是這裡的市民，所以也去找附近鄰居問過，結果被他們搶先了。」

「搶先？」

「Cyber Satellite公司的員工在隕石剛墜落時就去拜訪了，問他們：『請問府上庭院裡有沒有隕石掉下來？』然後，他們還用這樣的說法去談：『隕石有放出輻射的可能，如果您不介意，敝公司願意無償採集調查。』」

「輻射……」

「聽到這個字眼，一般人都會怕吧，然後就會請他們去處理，Satellite公司的員工也就可以把大大小小的隕石碎片全都囊括一空。為了避免事後有糾紛，甚至還確實準備了所有權移轉的文件，請住戶簽名。JAXA這邊去查證的時候，另外還有七戶都說已經有這樣的情形，實際上應該更多吧。」

「請等一下，這樣說來，豈不是他們事先就知道會有隕石墜落？不然怎麼會這麼剛好派出無人機，還讓員工去現場。」

「你說得沒錯。」

「而且，在密集住宅區派出那麼多無人機，不會抵觸國內的法規嗎？」

「一般是會，不過聽說這個有事先取得許可。」

「許可會下來嗎？畢竟要在隕石墜落之前，派出多架無人機到密集住宅區。」

「不知道怎麼回事，他們獲得了批准。很不可思議就是了，對規則和先例那麼囉唆的公家機關竟然這麼乾脆地批准。」

「有人在背地裡施壓？」

「誰知道呢？」真理亞又喝了一口啤酒。今天她早回來，相對地明天早上就得更早去，但她攝取酒精的步調仍然不變。

葉月在廚房用菜刀切菜的咚咚作響聲中……

「那……」

我有一種被戲弄的感覺，但仍提及核心。

「所謂『外星生命』呢？」

這句話一說出口，就顯得非常超脫現實，是個只會在科幻電影裡看到的單字。

「只是那個呆子在講而已。」

真理亞似乎還是很討厭六星。我其實也是一樣的心情就是了。

「先突然跳出來獨占所有樣本，才講什麼外星生命啦，新發現啦，實在也沒辦法這麼簡單就相信。不只是因為我看他不順眼，這種事情無論如何都需要共享樣本，進行科學驗證……最重要的是——」

真理亞說到這裡，臉色變得嚴肅。

「詩緒梨的研究被搶走，我可受不了。那個研究本來是詩緒梨和彌彥，還有ＪＡＸＡ共同進行的，結果Satellite公司起初跑來提一些好聽的話，說什麼技術協助啦，合作啦，到後來就接連擅自註冊商標，變更契約書的解釋——這些年來，他們用起趁人不備與欺騙的手段都毫不猶豫，最近甚至還拿出了內容寫是詩緒梨把研究賣給了他們的契約書。」

「契約書……是真的嗎？」

「想也知道是偽造的。詩緒梨哪會把自己的研究交給別人？那間公司最近手法完全變黑心了，自從某人來了以後。」

啤酒罐被她捏扁，裡頭的啤酒灑在她剛洗好澡穿著的浴袍上，沿著她的手滴落到地上。真理亞待在ＪＡＸＡ內部，對內情更清楚，所以應該更覺得這次的事情惡劣。很難得看到她這樣針對特定人物表露敵意。

「想也知道，反正外星生命只是編造出來的話題。」

真理亞忿忿地說了。

關於六星所發表的「外星生命」，詳情還不清楚。儘管第一波發表召開了記者會，但Satellite公司方面尚未發表任何佐證畫面。這引來了許多臆測，網路上有人認為是捏造，也有媒體認為可能是世紀大發現，現在完全無法評斷消息的真假。

只是，從隕石發現生物痕跡這樣的發表本身，過去也的確存在過。二〇一一年，NASA的研究人員理查德．胡佛就附上畫面，發表了從隕石發現外星生命化石的消息。除此之外，世界各地的研究人員從隕石發現外星生命痕跡的報告也不在少數。對於這些發表是否能夠從科學的角度證實外星生命的存在，有著兩極化的反應，但將研究太空中生命的研究學問範圍命名為「天體生物學（Astrobiology）」的不是別人，正是NASA，對於在地球以外的星球是否有生命存在，以及往太空探究人類生命起源的假設，都有人以做學問的角度非常認真地議論，至今仍有人繼續研究。如果六星的發表是事實，就真的會是為人類史揭開全新一頁的重大發現。

而且——

「星乃。」

真理亞叫了一聲。

少女就像地縛靈似的縮著身體，抱著雙腿坐在房間角落。這時她嚇了一跳，抬起頭來。

我今天帶星乃過來了。星乃很不情願，但我實在不想把這個今天才瘋狂大鬧過的少女留在銀河莊，說得再清楚一些，我甚至不惜強行留在銀河莊過夜。最壞的情形，就算待在玄關放鞋子的地方也無所謂。我萬萬不想再眼睜睜看著像第三Europa事件時那樣，星乃在深夜離開，暴露在危險中的情形。

『我們去真理亞家吧。』『不要。』『那就讓我在這裡過夜。』『不要。』這麼一番互不相讓的問答後，我打電話給真理亞，請她直接跟星乃說。但少女仍然不情願外出，最後由真理亞下班後來到銀河莊二〇一號室，說服她：「星乃，偶爾一起吃飯嘛。」星乃才終於妥協。最後她死了心似的，抱著布偶打開玄關。「關於六星的發表，我也有話想跟妳說。」真理亞這個發言多半也成了讓她答應的動機之一。

星乃一進真理亞的家，立刻就像隻從別人家抱來的貓。她抱著雙腿，坐在房間角落的沙發後頭，始終將平常那個飛碟型布偶抱在胸口，往上窺看我們的情形。她縮在沙發後面的模樣真的就像一隻貓，真理亞苦笑，也不硬要她換位置。我也一樣，只要星乃待在視野中就覺得放心。

「有什麼想問的事情嗎？」

真理亞用比平常更溫和的聲調問起。

「！……啊。」

星乃似乎有話想問，但因為緊張而有些發不出聲音。但她仍擠出聲音。

「媽媽……的……」

提起了這件事。

「研究……被六星……搶走了。」

「沒有被搶走～我絕對不會讓這種事發生。」

真理亞以正經的語氣這麼說。她和天野河詩緒梨是好友，相信這次的事她也覺得很不是滋味。

「樣本。」

星乃淡淡地說了。

「隕石的樣本……全都……被拿走了。」

「這件事啊～」

真理亞從鼻孔呼了氣。「可真被擺了一道。」然後接了這句話。

「媽媽的……研究，是太空輻射……和細胞的關連。所以，照到太空輻射的……外星生命是……研究的關鍵。」不知不覺間，星乃已經從沙發後探出上身。「如果，能採集到……樣本，希望……也給我看看。」

「知道了，我答應妳。」

真理亞強而有力地點點頭，接著說：「我想ＪＡＸＡ也會准許。」

天野河詩緒梨的研究原本就是在ＪＡＸＡ的全面支援下進行，主要的實驗處是ＩＳＳ的「希望號」。相信看在ＪＡＸＡ眼裡，也同樣認為Satellite公司的發表是在搶奪研究成果。哪怕提倡者已故，事實上研究已經中斷。

最重要的是，無論法律或道義上的正當繼承人，都在這裡。我知道星乃在母親死後也持續獨自進行研究，而已故的天野河詩緒梨應該也希望這名少女繼承這個研究。

「總覺得酒都醒了。」

真理亞把啤酒罐捏得更扁，從沙發上站起。「已經沒有啤酒了嗎？」「妳不是還在喝嗎？」「只剩燒酎啦～～」「要烏龍茶倒是有。」她經過這麼一段母女間的互動，又走了回來。

「嘿咻。」

真理亞把托盤放到茶几上，在沙發上重重坐下，然後將燒酎倒進啤酒杯，再用烏龍茶調和。

「星乃，要不要喝烏龍茶～～？」

「……要。」

「大地呢～～？」

「那麼，我喝一點。啊，我自己來。」

我拿起保特瓶裝的烏龍茶，將琥珀色液體倒進玻璃杯。我先把第一杯遞給星乃，再倒一杯給自己。我完全不會想喝酒，是因為經過Space Write，回到年輕的身體嗎？

——慢著？

【大鳳凰】。

我不經意看著烏龍茶的標籤，忽然一句話從腦海中掠過。那是一種靈光閃現。

——是接收到了這個，透過「鳳凰」。

閃過的是真理亞對我說過的話。

奇怪……？

我覺得自己現在注意到了一件很重要的事，是我以前都忽略的事。

真理亞；星乃；鳳凰。

「啊……！」

「怎麼啦，大地？」

真理亞湊過來看著我。

「沒、沒有，我沒事。」

我喝了一大口烏龍茶，扯開話題。

「差不多快好了喔～」

廚房傳來葉月的說話聲。星乃縮起脖子，又躲到沙發後面縮成一團。

○

晚餐後，我走出廁所一看，星乃不在客廳。

我問真理亞人跑去哪兒了，她就朝「上」一指，於是我爬樓梯上了二樓。打開最裡面的房間，就看見這個房間空蕩蕩的，除了有金屬外裝的天文望遠鏡之外，就只放了床和書桌。黑髮少女就縮在角落坐著。

「原來妳在這兒啊？」

「…………」

我喊了一聲，星乃就轉過頭來。附帶一提，這裡是「星乃的房間」。是真理亞收養星乃時為她準備的房間，聽說本來是真理亞已故丈夫的書房。到頭來，星乃一次也不曾住在這個房間，而是拿銀河莊當「別墅」住，所以過去都不曾用過。

「怎麼啦？」

「…………」

星乃仍然抱著腿坐在那兒不動，縮起身體。

「……我——」

她小小地張開嘴。

「我要，回家……」

她這麼一說，就抓住我的袖口。

「妳不在這裡過夜嗎？」

少女默默搖頭，臉頰微微發紅。

我想了一瞬間後……

「妳回到家，不會再鬧？」

「……嗯。」

「在我明天過去之前，都不會出門跑去任何地方？」

「……嗯。」

她直視著我的眼睛，點了點頭。

——看來是不要緊啊。

我本來擔心今天不能放她一個人，但看來她已經完全鎮定下來了。

我和星乃一起走下樓梯，然後……

「真理亞伯母。」

我對在客廳放鬆的真理亞說話。

「我想我們今天還是回去。」

真理亞露出遺憾的表情後喃喃說了聲：「……這樣啊。」

「星乃，妳還好嗎？」

「我沒事。」

她微微點頭。

「今天……謝謝招待。」

星乃一道謝，真理亞眼眶就微微含淚。然後她把手輕輕放到星乃頭上。

「隨時歡迎妳來。這裡是妳的家，而且也有妳的房間。」

星乃有些癢似的閉上眼睛，然後微微點頭。

「葉月～～大地和星乃要回去了～～」真理亞喊了一聲，但沒有回答。浴室傳來沖澡的聲音。

星乃又拉了拉我的袖子。

「幫我跟葉月問好……那我們走了。」

「對了，大地。」真理亞一邊留意著走廊一邊叫住我。

「什麼事？」

「最近，你有沒有發現什麼？關於葉月。」

「葉月？」

「沒有，沒什麼。」

通往浴室的門又傳來沖澡的聲響。

「是嗎？那就好。」

「……？怎麼了嗎？」

我這麼一問，真理亞就輕輕搔了搔她一頭漂亮的白銀頭髮。

「嗯～～也不是什麼大不了的事情啦……」

她喃喃說出自己掛心的事。

「總覺得最近，她突然變成熟了。」

5

就在發生這些對話的翌日。

我前往銀河莊，並一直想著一件事。

——是接收到了這個，透過「鳳凰」。

我昨天在真理亞家裡想起了一件事。「真理亞」與「鳳凰」。在烏龍茶品牌的觸發下甦醒的記憶，是我進行Space Write之前，在「第一輪」的世界發生的事情。

『你那邊的收訊處顯示「ＨＯＵＯＵ」……HOUOU、HOUOU，啊啊，是不死鳥「鳳凰」啊？』

我在第一輪和星乃進行了通訊。透過星乃留下的迅子通訊機（Tachyon Ceiver），和三年前待在ＩＳＳ上的星乃——和即將死於大流星的星乃連上的奇蹟通訊。當時，接收到她迅子通訊的是人造衛星「鳳凰」。在大流星雨導致所有人造衛星都毀損後，新發射升空的泛用多功能型人造衛星。

鳳凰。

當時我沒怎麼放在心上。星乃送來的訊號，由當時ＪＡＸＡ唯一還維持在太空的人造衛星接收，從某種角度來看是很自然的。

但現在我明白。明白這個乍看之下很自然，卻萬萬不能忽略的奇妙事實。

人造衛星「鳳凰」是Cyber Satellite公司與ＪＡＸＡ共同開發的衛星。也就是說，星乃當時的通訊不是送向別的地方，就是送到了Cyber Satellite公司的衛星。要說是巧合也行，但星乃臨死之際送出的那段遺書般的通訊，被堪稱星乃天敵的太空企業衛星接收到了。我從這個事實感受到了某種令我很不自在、很不自然的偏差。

以往我一直在找「凶手」。「凶手」是誰，引發那場恐怖行動的「凶手」待在這個時代的什麼地方。但這個推理看似直接，實際上卻是大兜圈子。

最近也聽到星乃在說。她談到那架無人機時，對我問的『為什麼會從空中拍呢？』這個問題，她是這樣回答的：『我覺得與其推理目的，還不如從手段去推理。』——手段。

葬送了所有人造衛星的恐怖行動。而在變得一片空白的太空裡，唯一發射上去的人造衛星是「鳳凰」。製造「鳳凰」的是Satellite公司。這「鳳凰」接收到的是星乃最後的訊息。

Satellite公司早已知道會有那次迅子通訊——這樣一想，就覺得一切都解釋得通了。Satellite公司為了監聽這段通訊，製造出人造衛星「鳳凰」。而要讓這個人造衛星比誰都更早「獨占」監聽到這段通訊，其他人造衛星就很礙事。所以他們進行入侵，讓所有人造衛星化為灰燼。「鳳凰」成為全球屈指可數，更是日本唯一擁有的衛星。開發出這個衛星的太空企業將不會受到一時性的景氣或投資客的評價影響，占據壓倒性的重要地位。無論ＧＰＳ、氣象觀測還是軍事偵察——全都必須經過Satellite公司點頭，否則無權動用衛星。在作業系統擁有九成市場占有率的小軟、坐擁廣大網路購物市場的Amazoness、有著壓倒性使用者人數的臉誌——就像這些資訊界的巨人一樣，哪些企業能擁有作為基礎的「平台」就會占壓倒性的優勢。而在太空的「平台」是什麼呢——

人造衛星。

沒錯，無論要在太空做什麼，人造衛星就是前線基地，是中介基地，是補給基地，是出擊基地。只要能獨占太空的平台，就等於掌握了整個太空。能夠獨占氣象資訊，就能成為壓倒性的資訊強者；能夠掌握ＧＰＳ，就能將交通網和行動電話都納入掌握；能夠掌握軍事衛星，就可以揪住軍事大國的脖子；能夠透過網際網路衛星建構全球衛星星系，就能掌握網路世界的命脈。

Satellite公司想獨占太空的平台——為此他們希望消滅人造衛星。同時透過消滅星乃，將星乃握有的智慧財產都納入手中，也就能夠在獨占的平台上悠哉地研究星乃雙親的遺產——CH細胞，將即將完成的研究成果搶到手。不，Satellite公司就是認為星乃的最後一段訊息是有關CH細胞的內容，才會安排「鳳凰」去監聽吧？

這一切都是推測，沒有任何根據可言。只是，過去我始終捉摸不清的「大流星雨」，如今輪廓已經逐漸在我面前顯現得清清楚楚。

恐怖行動——的確是恐怖行動，但這是有著更明確目的的行為。

經濟犯罪。

獨占衛星，支配「太空」。

埋葬星乃，藉此掌握「智慧財產」。

Cyber Satellite公司一手策劃的壯大計畫。

「不是征服世界，而是征服太空」。

這終究不出我推測的範圍。然而，我總算漸漸看出來了。看出這無從捉摸，全世界的國家與太空機構都未能揭穿的一場史無前例的太空犯罪的全貌。過去讓我毫無頭緒的大流星雨，已經讓我明確看到了尾巴的尖端。

既然如此——

現在我該做的事情是什麼？

我一邊想著這樣的念頭，一邊走到銀河莊前。

「葉月？」

結果在公寓院子前面看見了獨自佇立在那兒的少女。她拎著一個包裹。我一喊她，她就放下心似的喊著「啊，大哥哥！太好了～！」跑了過來。

「我還以為今天禁止進入呢。」

「禁止進入？」

「那個。」

葉月指向公寓庭院，那兒有一架我很熟悉的無人機。黃色的邊框，是我以前也曾看過的星乃親自改造的機體。

「怎麼？」

庭院裡就只放著無人機，不見星乃的身影。

「為什麼丟在這兒不管？」

「這個嘛……」

葉月以為難的表情看向庭院。

結果……

「喔……」

被置之不理的無人機開始慢慢轉動螺旋槳，發出微微的振翅聲後，輕輕飄上天空，接著一邊上下移動一邊在庭院上空迴旋。

哦？遠距遙控啊？

我才剛覺得有點佩服，無人機就愈來愈蛇行，一下子往右一下子往左，開始呈現不穩定的動向。從無人機驚險掠過公寓的樓梯就知道這並非操縱者的意圖。

喂喂，會撞到啊。我正暗自擔心地看著……

「喔哇……！」「呀……！」

無人機就來個急轉彎，突然朝我衝了過來。葉月發出尖叫聲，我也短短驚呼一聲並蹲下，接著風壓就從我頭上掃過，然後聽見「喀鏘」一聲響。

「啊～」

再典型不過的墜毀聲響起，無人機墜落了。

「葉月，妳還好嗎？」

「嗯、嗯……從剛剛，就一直這樣……」葉月擔心受怕，仍癱坐在地。

過了一會兒，門「砰」的一聲打開，星乃現身。

接著豈有此理地丟下一句話。

「平野同學，你很礙事……！」

○

「妳看，就說不是這樣，這樣不會穩定啦。」

「你囉唆！」

「啊、啊，笨蛋，為什麼這個時候往右迴旋啦，反了好不好，反了！」

「就說你囉唆，你沒聽見嗎！」

「別說了，趕快降落！不然又要撞到了！」

「囉唆囉唆！你會害我分心，閉嘴啦……！！！！」

墜落大約一小時後。

把撞彎的螺旋槳全都換上預備零件後，無人機還是一樣在銀河莊的院子裡飛得無所適從。

二〇一號室的室內，星乃一邊看著螢幕一邊拚命操縱。她看著從配備在無人機上的攝影機傳回的畫面，粗魯地大聲動著手上的推桿操作，但無人機的飛行軌道始終不穩定。葉月也順理成章跟進來，張大了嘴看著畫面。

又一小時過去。

「…………」

「啊、啊！不行，會撞到……！」

「…………」

「啊～～！啊，不行不行不行！啊！哼～～！」

星乃一邊發出怪聲一邊用命令的口氣大喊：「平野同學，來幫我！」剛剛還嚷嚷著要我閉嘴，一遇到危險就要我幫她，天野河星乃大小姐真不是叫假的。

我靜靜嘆了一口氣，按下星乃手上比例控制器的按鍵。我也用模擬器學過了整套無人機的操作，所以各種按鍵的位置都掌握得很清楚。

「好奇怪啊……理論上明明是完美的……」

「呃～～妳聽我說幾句話。」我看不下去，忍不住說起。「無人機這種東西一迴旋就是左右顛倒，所以比例控制器的動作也必須相反。妳在這個環節上常常會搞混，還有，該怎麼說……妳的操縱太任性。」

「任性？」

「妳有時候不是會在把操縱桿往右推的瞬間，又往左拉回去嗎？像那樣操作，不管規格多高的機器，反應都會跟不上。簡單說就是妳太急躁了。」

「我的反應速度終於超越了機體嗎？」

「妳機器人動畫看太多嗎……妳是連跟機器都沒辦法溝通吧。」

我拿她沒轍地這麼說完，她就噘起嘴，「平野同學真的是讓人很不爽……」喃喃發著牢騷。

「借我一下。」

我伸出手，少女就「咦？」的一聲看向我。

「無人機可以也讓我操縱一下嗎？」「可是——」「我不會弄壞。」「…………」

「換個操縱者，說不定可以收集到別的數據喔。」

我提出有望多少引起星乃興趣的好處，少女就非常明顯地來了一段皺著眉頭的思考時間，然後……

「也好。」她將操縱用的比例控制器遞給我。「弄壞了我可要你賠。我的威利。」

「威利？」

「它的名字。」

「為什麼是威利？」

「因為無人機Drone不就是雄蜂？《小蜜蜂瑪尼亞》裡面出場的雄蜂就叫威利。」

「好懷念啊。」

《小蜜蜂瑪尼亞》是我們小時候播的兒童動畫，劇情描寫小蜜蜂瑪尼亞和威利溜出城堡，進行各式各樣的冒險。說到這個我才想到，原來這架無人機的配色會是黃底黑邊，是取蜜蜂的意象啊。

「好啦。妳的威利，我會很小心操作的。」

「我們說好了，弄壞就要賠。」

「妳動不動就弄壞別人的東西，自己的東西被弄壞倒是開口閉口就要別人賠啊。」

「啊？」

「我什麼都沒說。」

我靜靜將推桿一推，「威利」就在螢幕上緩緩離地。我看著地面愈來愈遠，而筆記型電腦同時在播放銀河莊監視攝影機的畫面，所以也透過這邊確定威利正漸漸拉升高度。之前是以目視——直接看著無人機來操縱，但今天是透過攝影機。其實用這種方式飛行需要申請核准，但被警察罵這種事我早有覺悟。

等到看見銀河莊的深藍色屋頂，就在公寓上空迴旋幾圈。接著提高速度，飛到遠處後掉頭。我又試了幾次基本動作，確定沒有問題後，慢慢讓威利在庭院裡降落。如我所料，威利的穩定性與操作性都非常出色，能隨心所欲操縱飛機，甚至有種快感。

「…………」

轉頭朝星乃一看，她一臉嚇一跳的表情，嘴巴半開，連連眨眼。然後她看著我說：

「平野同學還真會一些奇怪的才藝耶。」

「算不上什麼才藝啦。」

「全地球第一貪多嚼不爛。」

「妳這絕對是在嘲笑我吧？」

我反而覺得能打造出這麼高性能的無人機和模擬器，最關鍵的操縱卻一竅不通，才真的神奇。

就在我們換人操縱，試機告一段落時。

——嗯？

我放下比例控制器，轉著有點僵硬的肩膀……

「…………」

葉月看起來有些令人在意。仔細一看，少女一直不發一語，只轉動視線觀察室內。

「怎麼啦，葉月？」

「…………」

少女默默看著我，然後小聲回答「沒有」。

「大哥哥——」她深吸一口氣，發問：「平常都是這樣？」

「咦？」

「和星乃姊在一起的時候。」

「？差不多是這樣沒錯。」

「……是嗎？」

她微微點頭，又拉回視線。不知道是不是對星乃的房間好奇，只見她的視線掃動，像在觀察格局。

怎麼了？

葉月說了聲：「借一下洗手間。」站起來，消失在艙門另一頭後……

「……所以，到頭來要怎麼辦？」

我將視線拉回星乃身上。

「操縱就假設由我來，妳是打算等那架無人機來，就用這個迎擊？」

「才不是。」

「我想應該是不會啦……」我想起六星的臉，開口問起。「妳該不會想用這個衝進Satellite公司吧？」

「這我也想過，但這次不是。」

接著少女深深吸氣，宣告本次開發無人機的最大目的。

「『我要去採集外星生命』。」

6

「視野良好，羅盤正常，陀螺儀正常，GNSS正常，GPS數據更新，檢查電池剩餘電量，馬達、翼片、平衡環架、攝影機，一切正常——全系統正常。」

待在身旁的星乃低聲完成了飛行前的最終檢查。她按住耳機報告狀況的模樣簡直像是飛行管制官。

「3、2、1……威利，發射！」

「收到。」我將控制器推桿一推，八組旋翼開始旋轉，機身輕飄飄地離地。

我一口氣讓無人機上升了五十公尺左右，然後維持高度，往東南方移動。要去的是位於與隔壁市界線上的山區。

「電波送得到嗎？」

「不用擔心啦。」

「回程的電池呢？」

「你什麼都不用擔心，儘管相信天野河財團的科學力吧。啊，再往東一點。」

「原來是財團啊？靠東，了解。」

星乃自信滿滿地對機體性能自豪。先不說財團云云，畢竟這個天才少女是會在兒童班做的火箭裡用上鈦合金的笨蛋，對這類「發明」投注的資金一向非比尋常。這樣一想，電池能撐多久這種問題也許真的不需要我擔心。真正最該擔心的，大概是這丫頭的金錢觀吧。

「可是，真的會有嗎──樣本？」

我讓無人機──名叫「威利」穩定地飛行，並問起這次「任務」最大的問題。

「會有。只要沒被搶先。」

星乃操作鍵盤，讓「地圖」顯示在螢幕上。是月見野市的全區地圖，有好幾個星星般的光點在閃爍。

「這就是隕石的墜落地點嗎？」

「對啊。」

「真虧妳知道得這麼清楚。」

「我比對電視新聞和網路上拍到的所有畫面，計算墜落軌道估算出來的。雖然未必精準，但應該對篩選出地點有幫助。」

「這個骷髏標記是什麼？」

「是已經被Satellite公司捷足先登的地方。」

「市區已經全軍覆沒啦？」

「對啊。要說還有哪裡有希望——」

她用指甲留得很長的纖細手指指向地圖上的光點。

「就是山區。」

作戰很單純。

墜落碎片遍布市內全區的隕石——網路上通稱「月見野流星雨」，光是已經觀測到的部分就有超過一百個隕石碎片撒落在市內。這些碎片幾乎都被Cyber Satellite公司收走，但相對地也存在「遺漏」的部分。這些漏網之魚就散布在離住宅區頗遠的山區。附帶一提，山的另一頭還有星乃父母沉睡的墓地。

——征服太空。

我不知道Satellite公司的目的是否真如我推測，只是，可以確定的是星乃雙親的「CH細胞研究」——為了進行這項研究所需的外星生命最終樣本，絕對不能交到敵人手上。樣本被獨占，也就意味著研究會被獨占。為了保護星乃的「夢想」，這是萬萬不能讓步的。

——這也就表示為了留住投資客的期待，他們現在就是這麼不顧一切。六星雖然一臉滿不在乎，但內心應該是忐忑不安。

我想起秋櫻的話，把手上的汗用力在褲子上抹掉。

現在我該做的事情是什麼——我覺得這個問題的答案，就在這場採集作戰後頭。目前為止收集到的所有情報都指出了這一點。

「好棒的景色啊……」

我想著這樣的念頭，並且被機體搭載的攝影機所拍到的眼底街景震懾住。五彩繽紛的屋頂，有些區塊整齊劃一，有些區塊雜亂無章，還可以看到一些眼熟的商店招牌。以無人機或飛船空拍的影片本身我是看過，但由自己操縱，俯瞰自己平常住的市街風景，又有種不同的感慨。攝影機有兩具往下，一具往上，幾乎網羅了所有方向。這種沒有死角的攝影機配置，也讓我有點聯想到銀河莊的監視攝影機系統。

「高度正常。從西繞過去接近，但是還不要靠近山。」

「收到。」

坐在左側的黑髮管制官凝視著螢幕上的影像與數字，發出指令。電腦桌這一頭是星乃的個人空間，有著像是作戰司令部會有的巨大螢幕，給人一種待在駕駛艙裡的感覺。無論做得多好的3D射擊遊戲都沒辦法營造出這種感覺。

冷靜，我要冷靜……我慎重地以指尖操作推桿，繞過山坡地。看見溪谷後，呼出一口氣。

「可以嗎？」「ＯＫ。」我得到管制官的許可，讓威利往前進。攝影機拍到的山迅速接近。我在山與山之間穿梭前進，結果也不知道是雲還是霧，一瞬間視野全白，穿出去之後視野立刻變開闊。

「喔喔……」「哇啊……」

我們同時發出感嘆。山與山之間的小小溪谷流著小河，水面在陽光照耀下閃閃發光。溪谷內部的空間比入口寬廣，讓威利能比較悠哉地飛行，將美麗的自然風景送到我們手上。感覺就好像自己是來河邊玩的。

「好漂亮啊。」「就是啊。」我們有過這樣的對話後。

「那麼，接下來要怎麼找出來？」

說是要找隕石，但實在不覺得隨便亂晃就能找到。雖說已經縮小了可能的墜落範圍，該找的範圍還很大。

「你聽過隕石獵人嗎？」

「啊，似乎聽過啊，是叫什麼來著了？」

記得前陣子我在網路上查找隕石的知識時，曾找到這樣的字眼。

「就是指一群在全球各地尋找隕石的人。因為隕石這種東西有可能賣到很高的價錢。順便告訴你，美國的隕石獵人馬爾文．基爾戈爾（Marvin Killgore）在非洲西薩哈拉發現的月球隕石，據說就賣到一公克一百一十萬圓，總價七億圓的價格。考慮到當時黃金牌價是一公克一千圓左右，可說是破格的高價。全世界還有很多隕石獵人，也有人靠自己這一代就創了高達二三十億圓的財富。」

「也就是尋寶獵人的隕石版是吧。」

「差不多。然後，這些隕石獵人要找隕石的時候，用的就是金屬探測器和輻射探測器。」

「難道說……」

「我要顯示了。」

星乃按了幾個鍵，就看到螢幕右側出現了一整排圖形。有像是汽車時速表的半圓餅圖色塊不時伸縮。

「這個計量表伸展成紅區就要注意。」

「真虧妳有辦法在無人機上裝這種東西。」

「除此之外還配備了很多裝備。有備無患。」

「機體不會變重嗎？」

「別說那麼多了，趕快探索。」

我一邊查看計量表一邊沿著溪谷邊的山坡地慢慢繞行。太接近就會有碰撞的危險，但要是離得太遠，也無法偵測金屬和輻射。

我在附近繞了一會兒後。

「啊……」

金屬探測器的計量表猛力往右一擺。
「有反應嘍！」
「有反應就懸停，然後找出會讓反應變強的方位。」
「收到。」
我留意突出的樹枝，幾乎貼著山坡地移動。
「進到更裡面去。」
「會撞到。」
「別說那麼多。」
「出什麼事我可不管～」
我嘴上這麼說，但對於任務難度提升也覺得雀躍。我小心翼翼地調整威利的位置，朝右傾斜著機體，飛進樹木之間。前進了一點又停下，然後又前進一點……我正反覆著這樣的動作。
忽然間，嗶一聲高亢的聲音響起。轉頭一看，金屬探測器的計量表閃爍著紅光。
「這裡嗎？」
「先懸停一會兒，我轉一下攝影機。」
星乃操作鍵盤，調整攝影機的角度。螢幕的畫面慢慢切換，映出附近的地面。
接著——

「啊～～」「是這個啊……」

螢幕捕捉到的是好幾個汽油桶。五六個已經生了咖啡色鐵鏽的汽油桶被隨地棄置。

「這是非法丟棄吧。」「看上去就是工業廢料。」

我失望地嘆了一口氣，然後循著來路折回。

我就這樣繼續探索。途中除了汽油桶，還有烤完肉丟在原地的鐵板、裝著空罐等資源回收垃圾的袋子，莫名其妙還有鐵管掉在地上。

「精度沒辦法再提高一點嗎？」「這已經是經過金屬識別(Discrimination)功能的結果了。」「至少想個辦法忽視空罐之類的呢？」「不偵測鐵，就會錯過隕石本身。」

威利就像個尋找失物而畏畏縮縮的人一樣，在溪谷間來來去去。所幸由於十一月天氣冷，沒有人攜家帶眷來河邊玩水，今天也沒看到釣客。

【Battery:52.08%】。

——是時候該撤了吧……

電池電量也只剩下一半左右，繼續待下去，就得擔心回不回得來。

「星乃，差不多……」

我提議準備回去時，又聽見了高聲的警報。要測的金屬探測器計量表擺動。是到了紅區沒錯，但由於剛才一再撲空，讓我已經不太吃驚。

檢查完這個就回去吧……

眼前先讓威利轉向，飛往反應較強的方向。我想起有句格言說開始習慣的時候最可怕，並且慢慢移動到附近。

「上面嗎……？」看到計量表的反應隨著高度升高而變強，我試著拉高威利的高度。結果計量表更加接近到頂的狀態，閃爍紅光，像在對我說：就是這裡啊，這裡。但我和地表已經離了相當遠，不太能確定金屬所在的地點。

「這會不會有點怪？」

「左迴旋。」

「咦？」

「別問那麼多，左迴旋。」

我一頭霧水地答應，做出她要求的動作。星乃的表情十分正經，讓我覺得大概真的有東西……

「啊……」

找到了。

山坡地土石外露的地方有一個陷進去的物體。以碰撞地點為中心，有個就像隕石坑一般凹陷的斜面。這個像是用槌子鑿穿陡坡的痕跡正中央有個表面像是熔化過的黑色物體。之前我隱約覺得隕石應該會墜落在地上，都只找低的地方，所以忽略了這裡。

「喂，這個。」「錯不了。」星乃喃喃回答。

「是隕石。」

○

由於陷進山坡地，我本來以為採集作業會極為困難，沒想到進行得很順利。

威利下方伸出金屬製機械手臂，接近隕石後，就像被吸過去似的牢牢貼住。拉回手臂，任務就結束了。雖然得小心別讓機身碰到山坡地，但這也只有一瞬間。

「真虧妳改造出這些。」

「這點程度當然要做。」星乃說得若無其事。「在法國都直接買得到裝了魔術手臂和加農砲的無人機了。」

「真的假的？是說，加農砲……」

「能發射的當然不是實彈就是了。」

有點想要。

「畢竟大部分隕石都含有鐵，才會用金屬探測器，但在魔術手臂上頭裝設磁石，是理所當然的歸結方向。」

「是喔……」

我老實地感到佩服。

我佩服地心想「說來說去，她還是好厲害」，並慢慢讓威利離開現場。接下來只剩讓它回來了。

「電池，看起來撐得住嗎？」「用了機械手臂，所以消耗了一些。直接回來吧。」

「了解。」

順利達成任務，讓我鬆了一口氣。我本來想說今天只要完成一趟偵察飛行就已經夠成功，所以這個戰果太充分了。

就在我讓威利轉向，準備回來時——

「警報！」

○

那就像天上的天后座。

「敵機接近！五架都是四旋翼機！隱形塗裝，推測和以前目擊的機種同型！離接觸還有八秒！」

「不會吧……！」

我一邊呼喊一邊讓威利以全速逃離。但敵人速度較快是一目了然的。

「距離五十公尺！平野同學你還等什麼！是敵機啊！快逃……！」

「收、收到！」

我不明就裡，操作比例控制器提升威利的速度，但攝影機照出了隱形無人機從下往上衝過來的模樣。

「為什麼他們會追來？」

「想也知道！因為我們搶了樣本啊！」

「所以我們被跟蹤了？」

「大概吧！所以我才說你辦事不牢靠！」

「妳還不是沒發現！」

我一邊反駁一邊讓威利繼續上升，但敵人也一邊加速一邊上升。從後方攝影機的畫面可以看到敵方無人機的身影愈來愈大。

「閃避！」「沒問題！」

我讓威利猛然來個右迴旋，隱形無人機緊接著就一口氣衝了過來。它們衝過頭，衝到了相當上空，然後才轉換方向，又追了過來。

「足足五架是要怎麼應付啦！」

「我正在想！」

「再這樣下去會被幹掉！……哇！」

威利突然失去平衡。仔細一看，後方有個「物體」飛來。「後方有槍擊！」「真的假的……！」以一敵五就已經讓人束手無策了，敵人甚至還是武裝集團。雖然看上去是BB彈，可是只要中彈，肯定會墜落。

威利穿過狹窄的溪谷，再度來到山區較寬廣的地方。由於視野變開闊，敵方空軍的五架無人機同時展開槍擊。我扭轉機體勉強躲過，但中彈只是早晚的問題。「敵人為什麼開火啦……！」「想也知道！當然是為了搶走樣本啊！來了來了來了——！」「唔喔喔喔喔！」我驚險地躲過敵方的槍擊。明明已經以全速逃走，卻輕而易舉就被追上，是因為對方的機體顯然速度比較快。

要是無人機墜毀在這種深山裡，關鍵的樣本也會跟著遺失啦——我想著這樣的念頭，一邊進行閃避行動，但我內心已經發現這個反駁沒有異議。對方多半是認為在最壞的情形下，這樣也無所謂。不讓樣本落到我們手裡大概就是對方的最高宗旨。

——想得美……！

我讓威利再度衝向溪谷之中。飛在狹窄的地方，碰撞的風險當然就會增加，但畢竟對方的速度占上風。就算逃到寬廣的地方，勝敗的去向也是顯而易見。「再這樣下去會被狙擊！」「我正在想計策！」「快點！」「囉唆！」

我們互相大吼，並且被逼到絕境。子彈幾乎擦過威利，三台攝影機拍到拉炮爆開似的五顏六色的子彈交錯。是集中砲火。

「唔……！」

威利扭轉機體躲過子彈。五架銀色的無人機就像鎖定了威利的飛彈一樣，從後緊追不放。

不行了，會被幹掉——就在我這麼想的時候。

「我搞懂了！」星乃大喊。「傳送資料！」

「什麼啦！」

「自動駕駛！」

當我反問到底怎麼回事時，過程已經結束。比例控制器的螢幕閃爍，顯示【自動駕駛模式】。

「你可以放手了。」

「可是……」

「聽我的就對了。」

我遲疑了一會兒，但當我漸漸看出自己的操作並不會送到威利上，也就把控制器放到地上。威利繼續自動飛行，在狹窄的溪谷中劃出「8」字形的軌跡。時而加速，時而拉高或降低高度，躲過對方的子彈之餘，一圈又一圈地「繞行」。無人機編隊緊跟在後，但子彈總是從威利的鼻頭掠過，落到地上。

「這、這是怎麼回事？」「是單純的計算。」星乃放大螢幕顯示，叫出溪谷的地圖。上面有著一個飛在前面的紅色光點，以及跟在後面的五個光點，繞著圈子追個不停。斷斷續續會有白色線條從藍色光點延伸出來，不用她解釋，我也大概猜得到那是敵方的槍擊。

「解析資料的結果，確定了敵方的五架無人機動作都一樣。也就是說，是用一種會配合我方動向然後自動追蹤的程式在駕駛。」星乃讓各式各樣的資料顯示在螢幕上，一邊解說。「敵機基本上會配合威利的動作來進行轉向與加減速，想來八成是並用了GPS與紅外線。系統不是那麼複雜，所以只要收集到敵機的飛行資料就可以預測。而且機槍是固定式，多半是用程式設定，只有威利出現在正面螢幕正中央的時候會開火。知道這些，剩下就簡單了。只要挑剛好不會被敵方槍彈打到，又剛好不會被追上的時機持續迴旋就好了。而我得出的就是這個路線。」

「哦～～」我只能佩服。螢幕上已經像是一場威利帶頭的航空表演，一＋五架無人機灑著子彈，不斷繞行。

「別在那邊佩服，我們要反擊了。」「咦？」「這很耗電，所以我本來不想用。」星乃敲打按鍵，又在畫面上叫出一個新的模式。上面寫著——

【戰鬥模式】。

「喂，還戰鬥咧。」

就像在回答我的提問，畫面右側出現一個計量表，顯示出數值。

【Bullet:999】。

「該不會……」「還好有裝。」「空氣槍嗎？」「雖然我沒想到從第一天就會用到就是了。」

星乃動起滑鼠，切換攝影機視角。看樣子是在調整「機槍」的方向。螢幕上方的藍色光點上全都顯示出「ＬＯＣＫ　ＯＮ」字樣。

接著——

「給我墜毀吧，大蚊子！」星乃喊著按下按鍵，深紅色的ＢＢ彈就一齊灑出。子彈不但命中敵方無人機，隨後敵機旋翼破損，瘋狂迴旋著墜落。幾秒鐘後，重重撞在河邊，盛大地碎裂四散。

「一～～架。」星乃開心地喃喃說完，將準星對準下一個獵物。這次也是打斷了旋翼，讓無人機成了ＢＢ彈下亡魂。

「兩～～架。」少女舔了舔嘴脣。我心想這女的還挺陰險的，要是跟她為敵，多半會被她糾纏不清。

「三～～架。」星乃確實地將敵機一一擊墜。第三架就像葉子一樣兜著圈子墜落。

四旋翼機就如名稱所示，是靠「四組(Quad)」旋翼飛行，但只要其中一組停止就無法維持穩定。由於是靠互呈對角的旋翼，兩兩相互抵銷所謂的反扭力，一旦失去其中之一，機體就會無法維持平衡，陷入螺旋狀態。就和直昇機一旦尾部螺旋槳破損，即使主旋翼完好也會旋轉墜落的原理一樣。

「四～架。」就在星乃擊墜第四架的時候。

——！

警報響起。

螢幕突然一晃，接著閃爍深紅色。

「喂，發生什麼事了！」「中彈了！」「被誰打的！」「想也知道是敵人吧！」

星乃呼喊著，手指在鍵盤上打字。「平野同學，駕駛！」「妳說什麼？」「我要關掉自動駕駛！」「喂，慢著慢著慢著！」我趕緊拿起比例控制器。

「敵人切換成手動操作了！」「怎麼回事啦！」「我們的招被看出來了！」

仔細一看，到剛剛都還只是漫無目的「繞行」的隱形無人機突然改為直線動作，直逼威利而來。槍彈接連打個正著。

「第二攝影機毀損！」一個螢幕轉黑。

「等等，喂，這要怎麼辦啦！」

「當然是跟它纏鬥！」我拚命逃走，想甩開黏在背後不放的敵機。子彈打中無人機的起落架。再這樣下去會被擊墜。

「一對一的對決是吧……正合我意！」

在這場變成一對一的空戰中，我握緊了比例控制器迴旋。

「星乃，這機槍可以轉向對吧！」「當然！」「可以朝正後方開火嗎？」「我正在調整！」星乃滑鼠轉了一大圈，改變第三攝影機的方向。看得見跟到正後方的敵方無人機亮出銀光追來。

——吃我一排子彈……！

準星對到敵機的瞬間，我按下了扳機鈕。結果深紅色的ＢＢ彈在第三攝影機的畫面中發射得像是一道光束，宛如解析度很低的飛機雲一樣拖出軌跡。然而敵方無人機驚險地擺脫軌道，躲過危機。

「平野同學，再來一次！」「好！」我每當攝影機拍到敵人時就發射空氣槍。配合威利的動作發射的空氣槍彷彿真正的機槍連射般灑出子彈，敵人往前，我往後，就像拿機槍互射的槍手一樣掃射。

「側面裝甲剝離！第七旋翼破損！」「要不要緊啊！」「不要小看八旋翼機的穩定性！」星乃說得沒錯，威利即使失去一組旋翼，仍持續穩定飛行。但機身已經噴出煙霧，【Battery:9.20%】的字樣發出紅光閃爍。剩餘彈數也換成黃色顯示，告知剩下的子彈已經不多。

「子彈剩下不到三百發了！趕快命中！」「我正在做！」「垃圾！遲鈍！技術真爛！」「囉唆！」

「對了，平野同學！」星乃露出驚覺什麼似的表情。「上升啊，上升！」

「上升？」

「別問那麼多，全速上升！直線飛往天頂方向！」

「發生什麼事我可不管！」

我吼著聽她的吩咐，讓威利奮力攀升。

「總之直直飛就對了！」「會被子彈打中啦！」「別管那麼多——」

少女大喊。

「朝太空飛！」

「太空……」這個字眼讓我腦海中閃過一個念頭，但也只有短短一瞬間，螢幕上可以看到ＢＢ彈就像間歇泉般上湧。相對地，威利也不認輸地回以落雷般的連射。由於兩架無人機都直線上升，準星本身很容易對到，彼此的子彈啪啪地相碰個不停。螢幕上的警告標示就像火紅的玫瑰一樣到處冒出，剩餘彈數終於不到一百發。到極限了。

嗶——一聲哀號般的高聲響起，【Bullet:000】字樣在閃爍。

就在這時。

「啊……！」就像花瓣散開似的。銀色的碎片飛起。當我看出那是敵方無人機的旋翼時，敵機已經像被殺蟲劑噴到而發出垂死哀號的蒼蠅一樣猛烈旋轉，最後精疲力盡地垂直墜落，在底下的小河濺出盛大的水花。

「「成功啦～～！」」

我們不由自主地面對面，啪的一聲擊掌。

「怎麼樣！我說得沒錯吧！」「作戰成功啦！天才少女真不是叫假的！」「嘿嘿嘿，多誇我幾句！」「哎呀～～好痛快啊！」不知不覺間，我們已經四手交握，揮來揮去地歡呼。

然後……

「啊……」

星乃似乎突然回過神來，驚覺不對地放開手。

「……不、不過，幹得好。」她突然變小聲，撇開臉，臉頰紅紅的。

成功啦……前所未有的成就感滿溢胸口。上一次我和星乃兩個人一起為一件事歡喜，已經是多久以前的事啦？而且還這麼強而有力，這麼劇烈。
擊掌的感覺還留在手掌上。這種感覺就像勝利的美酒，讓我身體發熱，微微急促的呼吸與身體的疲憊都讓我覺得好舒暢。
「回去吧。」「嗯。」就在我讓威利轉向的瞬間。

【Battery:0.00%】

「「啊。」」
當這個字樣顯示出來，旋翼停止了驅動。
我們兩人還在啊啊叫，螢幕上可以看見地面迅速逼近。威利上下顛倒地墜落後，所有螢幕變成全黑。
「威利，失聯。」星乃喃喃說道。
「好可惜啊……」
「平野同學。」這時少女朝我伸出手，遷怒似的宣告。
「賠我。」

第三章　瓦特佐伊

1

二〇一七年十一月十二日十點十五分。

一邊走在秋高氣爽的商店街，一邊仰望清澈的藍天。有一道淡淡的雲拖過的天空，與和煦的陽光相映，醞釀出恬靜的氣氛，兩隻小鳥啾啾叫著，開心地掠過天空。最近我不由自主地養成了一仰望天空就會去找有沒有無人機的習慣。

從幾天前的「空戰」以來，隱形無人機就此銷聲匿跡。影片網站也並未再上傳新的空拍影片，顯得安分了些。另一方面，我們的「威利」後來也都沒找到，星乃懊惱地看著螢幕說：「只要GPS能復原，就可以找出位置了……」而我在那天後，也一直去各個推測墜落地點找，但畢竟是在山上，實在很難發現。找警察和鄰近設施問過有沒有人送來這樣的「失物」，但目前沒有好消息。

——話說回來……

隨著時間經過冷靜下來一想，就覺得令人最好奇的事仍在於這件事到底是誰做的。

星乃和我去收集外星生命的樣本，在發現的時間點就展開妨礙行動。怎麼想都覺得只可能是早已事先在追蹤我們的無人機，若是如此，也就表示他們一直在監視銀河莊。然而星乃已經將銀河莊的保全系統強化到更勝從前，在這樣的狀況下，到底是誰用什麼樣的方式在監視呢？而且那麼多架的無人機編隊，又是從哪裡派出的？怎麼想都不覺得這是單一個人辦得到的。

——六星衛一……是他嗎？

不知道是不是理所當然，第一個想到的嫌犯還是那個可疑的單眼鏡男。既然是正在推動無人機事業的Satellite公司，要安排無人機多半輕而易舉，而且監視工作也是只要僱用人手就辦得到。資金、組織，以及動機，這一切全都指向了他。

可是，要怎麼揪出他的尾巴？我方也用無人機跟蹤？

我正想著這些沒結果的念頭……

「啊，是這邊這條路～」

黑髮少女開朗地笑著，拉著我的手。

今天我和葉月出來玩，說是有一間比利時鬆餅出了名地好吃的店，所以邀我，說一定要跟我去吃。最近我對葉月的邀約幾乎全都拒絕掉，心想偶爾也得陪陪她才行，於是就這樣一起來到了商店街。

「哇，好時髦的店喔～」

我們要去的店是一家裝潢以白色為基調，寫了店名的招牌有著流利造型的店。招牌上寫著「瓦特佐伊 ～比利時與法國家常菜館」，放在路邊的菜單看板上寫著「今日推薦菜色」，附上照片列出了多種鬆餅與淋上巧克力醬的甜點。看上去就覺得很甜，伊萬里大概會很喜歡。

「啊，太好了，有空位。大哥哥，我們進去吧。」

「嗯。」她拉著我走進店裡。亮度較低的燈光下，看到的是一塊被和外面同樣的白色牆壁所圍繞的素雅空間，播放著像是古典樂的慢節奏音樂。感覺介於咖啡館與餐廳之間，給我一種偏貴的午餐店這樣的印象。

「歡迎光臨～～！」

最先過來的是一名穿著荷葉邊制服的少女。她亮麗的草莓金髮燙捲了垂到胸前，榛果色的大眼睛打量著我們。

「請問幾位～～？」「兩位。」「幫兩位帶位～～！」少女店員以流暢的日語為我們帶位。她告知「今天的推薦餐點是鬆餅甜點拼盤」後，就快步跑回店內更裡頭。

「好漂亮的女生耶～～」

「就是啊。」

「不知道是哪一國人。」

除了她以外，店內還有兩名店員，其中一個是高個子的金髮少女。座位大約有八成都坐了人，以高中女生與粉領族居多，但也有些老夫妻或攜家帶眷的客人。

「久等了，為兩位點餐——呃，平野？」

「咦？」抬頭一看，站在餐桌前的金髮少女睜圓了眼睛。她身材高挑，眉毛顯出倔強氣息。現在和平常不一樣，頭髮綁在背後比較低的位置，和剛才的店員一樣身穿荷葉邊制服。

——原來是伊萬里打工的店？

「平野，你來找我啦？」

「沒有，是碰巧。」我震驚之餘看著伊萬里。「這制服，妳穿起來很好看。」

「啊，是、是嗎？」

伊萬里突然臉紅。

「總覺得這個，荷葉邊輕飄飄的，本來還以為我穿起來會不好看。原、原來，穿起來好看啊？」

「嗯，很好看。對喔，記得妳說過是法國料理的店啊。」

「嗯，是我媽媽的朋友在經營的店，說本來是比利時人開的店。」

伊萬里把托盤抱在胸前，有點忸怩地解釋。

「比利時菜跟法國菜，這組合還真有點稀奇啊。」

「我一開始也這麼覺得。可是比利時就在法國隔壁，聽說飲食文化跟法國也很像。

一開始開這間店的夫妻似乎就是法國老公和比利時太太，所以才會開這樣的店。」

「不好意思。」

「店名『瓦特佐伊』就是比利時的奶油燉菜，本來的意思是『熬煮』或『雜煮』的意思，所以店裡的菜色也有種多國籍的感覺。」

「不好意思。」

「平野你吃過道地的比利時鬆餅嗎？我們店裡的鬆餅是配合日本人的口味調整過，但風味還是完全不一樣喔。如果不介意——」

「店員小姐，不好意思！」這時葉月放粗了嗓子。「我想點餐！」

「啊，原來妳在啊，小不點。」

伊萬里的眼睛突然瞇了起來。

「妳太小隻，我沒看見耶。」

「唔唔唔……」葉月懊惱地皺起臉。從剛才伊萬里就一直澈底當葉月不存在，似乎讓她理智斷線了。

「唉～～為什麼去到哪兒都會遇到那個太妹啊～～」即使點完餐，葉月還是一副滿心忿懣無處宣洩的模樣。

她跟平常一樣……吧？

我看著這名稚氣的少女，想弄清楚之前有點掛心不下的事。

就是前不久，真理亞對我說的話。
——總覺得最近，她突然變成熟了。
其實我也一直覺得有些地方不太對勁。她有時會露出成熟的表情，做出不像小孩子會有的舉止。
「大哥哥，你在看哪裡？啊，你又在想葉月以外的女生了吧？」
「才沒有。」
「真的嗎～～？」
——是我多心了嗎？
今天的葉月看上去就是平常的葉月。開朗稚氣，有點任性，沒什麼不對勁的地方。
幾分鐘後。
「久等了！這是『鬆餅甜點拼盤』！」
伊萬里負責的餐點端了上來。
「哇，不得了的東西上桌了。」又白又大的盤子上疊著形狀獨特的方形鬆餅，上面鋪滿了鮮奶油與巧克力醬。比照片上的大，看上去就很甜。
「這是本店自豪的特別甜點，非常適合放上InstantGram吧？」
「哼……還可以啦。」
葉月咒罵之餘，看到眼前堆得像一座小山的甜點，還是看得眼神發亮，用手機頻頻拍照。

「這個啊，是我提出構想，然後店長採用的餐點。」

「好厲害喔。原來是妳想出來的？」

「起初我是在素描本上畫了很多種，由店長給一些建議，做出試作品。然後——」

伊萬里說到一半，裡頭就傳來喊話聲。

「好啦～那邊那個新人——！」

轉頭一看，一名五十歲左右的女性從裡面探出頭。

「上班不要摸魚～」

「來了～！對不起～！」伊萬里很有精神地回話，然後小聲說了句：「她就是媽媽的朋友，這裡的店長。她人很好，可是有夠會使喚人的耶。」接著又說：

「平野，你慢慢吃……那邊那個小學生，別把鬆餅弄到地上了。」

「我才不是小學生！」葉月氣得發抖。

「好的，S拼盤兩份～送去五號桌～比利時薯條和巧克力蛋糕是三號桌～」

「知道了～」開始俐落工作的伊萬里和熟練的女店長之間如此對話。感覺氣氛很居家，想來是很好的職場。

「大哥哥，來，啊～」

「不要這樣啦。」

「啊～～」葉月硬把叉子叉起的鬆餅遞向我。我不是那麼愛吃甜點。「啊～～！」

我心想真拿她沒辦法，吃了一口，嘴裡立刻滿是甜味。只是鬆餅本身不會很膩，滋味很平衡，可以一口接著一口吃。

「那麼，大哥哥也餵葉月吃～～」

「自己吃。」

「咦～～大哥哥好小氣～～」

葉月假裝生氣了一會兒，但有玩到「啊～～」似乎讓她心情好了些。剛才我和伊萬里說話的時候，她顯然一直不高興。

偶爾她和從旁經過的伊萬里激盪出視線的火花，我們就這麼度過一段在各種層面上都很甜的時光。

「唔……」

忽然間，葉月悶哼一聲。仔細一看，她用手按住臉的右側，顯得有點難受。

「怎麼了？」

「嗯、嗯……有點。」她按住臉，靜靜地吸一口氣，留下一句「不好意思」就離開座位。看到她走向化妝室，我有點擔心。

我正想著今天最好早點結束……

「S拼盤含飲料套餐一份，熱咖啡一杯，外帶的巧克力鬆餅一份……含稅一共是

1544圓。」
我和在打收銀機的伊萬里對看了一眼。她注意到我後，笑咪咪地露出營業用微笑。看來她已經完全熟悉女服務生的工作了。
這個時候。
「——大哥哥。」
我驚覺回神，抬頭一看，發現不知不覺間葉月已經回來。她才剛離席，所以我有點吃驚。
「怎麼這麼快，已經不要緊了嗎？」
「…………」
葉月一直盯著我的臉看，然後把視線轉向收銀台前的伊萬里。
接著問起一個奇妙的問題。
「大哥哥。」她喉嚨發出靜靜的吸氣聲。「你經常來這間店嗎？來見伊萬里姊。」
「咦？這間店不是妳介紹給我的嗎？」
「……我都忘了。」
葉月以冰冷的眼神看著盤子裡剩下的甜點後。
「我們出去吧。」
她對鬆餅看也不看一眼，抓起了自己的手提包。

2

這天傍晚。

我送葉月回到家，前往銀河莊的途中。

一輛汽車從後方接近，從車窗看得見一張熟悉的臉孔。

「嗨～～平野同學。」

「……秋櫻姊？」

「我剛好來到這附近。」宇野秋櫻從駕駛座探頭，瀟灑地揮了揮手。她開的車是亮麗的酒紅色，雖然我也不太清楚，但看起來有點像戰鬥機。「要不要我送你一程？這樣宙海也會高興。」

「姊姊妳不要亂講話。」

副駕駛座上坐著Universe，也就是宇野宙海。她趕緊叮嚀堂姊。

「堂姊妹一起開車兜風啊？妳們感情真好。」

「我們約好上完補習班就一起吃飯。」

「是嗎？」

「如果不介意，平野同學要不要也一起來？」

「啊～一起吃飯是不行，但如果妳可以載我到那邊的便當店，會幫我很大的忙。我好久沒有這樣走一整天，腳好痛。」

「請請請～」秋櫻答應得很乾脆，開了後車門的鎖。

我上了車，眼看車子就要駛動時。

「啊！」

宇野短聲驚呼，看向身旁。聽起來像是ＢＯＴ48新歌的旋律播放出來，她趕緊打開包包，拿出手機。

「不好意思，我接一下電話。」

宇野慌忙拿出手機，應聲：「喂？媽？」

「……咦？」

她的情形不對勁。「……嗯。」「……對不起。」宇野一邊講電話一邊不斷道歉。她的臉色轉眼間愈來愈蒼白，身旁的秋櫻也注視著表妹，想知道發生了什麼事。

幾分鐘後，宇野放下手機。她臉色蒼白，雙手發抖。

「喂、喂……妳要不要緊啊？」

我感到擔心，這麼一問，少女就窘迫地告知：

「怎麼辦，被媽媽發現了……」

十分鐘後，當我們抵達宇野家，對方已經在門前等著我們。

一名身高和女兒差不多，身材苗條的中年女性。只是，她那略呈方形的眼鏡給人一種有點凶的印象。

「啊～連我都跑來，實在不巧啊。」

秋櫻坐在駕駛座上握著方向盤微微嘆氣。她本來在車上說在門前放宇野下車後就立刻離開，但大概沒想到對方竟然會在門前等著。因緣巧合下，連我也一起跟來，但我也不知道是因為擔心她，還是單純覺得就那樣回去會很尷尬。

秋櫻把車停在路邊，這名中年女性——宇野的母親，對秋櫻來說是嬸嬸——先朝駕駛座敲了敲玻璃窗。秋櫻關掉引擎，下了車。

戰端突然開啟。

「秋櫻！」

兩人一開始對峙，母親這一方就以強烈的語氣斥責。

「我不是說過，叫妳別接近我家女兒嗎……！」

「那個，嬸嬸。」

「我女兒現在正面臨很關鍵的時期！高中二年級的秋天，實質上已經是考生了吧？

妳總不會連這都不懂吧？」

「這我懂。可是宙海她不是從國小就一直很認真在念書嗎？有時候也需要出來散散心啊。」

「妳這樣引誘她，要是她考不上學校，妳要怎麼賠她？妳負得起責任嗎？」

「不，這……」

秋櫻露出為難的表情，但母親這方繼續嚴厲追究。她似乎沒發現坐在後座的我。我想起前不久，不小心在宇野家的廁所聽見的談話。

宇野坐在副駕駛座，擔心地看著她們兩人。這場一碰頭就展開的脣槍舌戰似乎讓她不知如何是好，看得出她的肩膀在發抖。

「她啊，在志願調查表上寫了大眾傳媒相關耶。」

「咦？」

「怎麼想都是受了妳的影響吧？搞不好她迷那個莫名其妙的偶像，也是受妳的影響，浪費那麼多錢！」

「是不是浪費，應該由宙海來決定。妳能不能尊重一下宙海的選擇？」

「妳又這樣扯開話題！就一張嘴能言善道！」母親這方毫不假以辭色。「就退一百步來說，妳的人生是妳的，管妳要當記者還是什麼都儘管去當。可是我們家女兒不一樣，她有好好進行人生設計，朝著穩定的將來努力。」

「妳所謂穩定的職業，還不就是公務員嗎？」

「公務員有什麼不好？」

「不是公務員不好，只讓她選公務員才是問題。這世上有那麼多職業。」

「可是，其中穩定的職業少得用手就數得出來，妳知道嗎？不是能用一輩子的國家證照，就是絕對不會倒閉的大型優良企業。可是，如果綜合這種種因素來考量，還是公務員——」

下一句話深深刺進我心裡。

「CP值才是最高的吧？」

我有種視野整個扭曲的感覺。先前我明明是站在支持秋櫻的立場聽著，不知不覺間，卻在宇野的母親身上看到了自己。

「自己喜歡的事情，等確實穩定以後，假日再做就好了。」

一副什麼都懂的表情，高舉陳腔濫調的理論……

「要是沒有錢，到頭來就會連喜歡的事情都沒有辦法做喔。」

還加進一些像是威脅的說詞……

「畢竟如果退休以後年金和存款不夠，會想哭的可是她耶。」

看似在擔心對方，實際上卻根本沒在聽對方說話。
「小孩子還沒出社會，所以做爸媽的得好好看著小孩才行。」
高高在上地高舉乍看之下有道理的理論。
——「她就是我」。
從她嘴裡說出的話；冰冷的態度；CP值；避險；穩定僱用；終身總工資；年金；存款；退休後；社會地位；經濟信用；未來成長性——一臉得意的表情講出一大串這些論調，聽起來真的很有道理。這種自以為是個現實主義者來發表分析結果的模樣，實實在在就和我——平野大地一模一樣。
宇野在發抖。她聽到一半就摀住耳朵，可是我沒有話可以對少女說。因為那就是我。傷害她的那些話，就是我的話。
「考試結束前，不要接近我女兒！」「這該由宙海決定！」「那些沒營養的偶像周邊，妳來負起責任丟掉！」「妳敢碰宙海最寶貝的那些東西，就算是嬸嬸，我也不會原諒！」「妳這是什麼口氣！晚點看我怎麼跟妳老家——」
「不要再說了！」
我聽見了叫聲。

不知不覺間，宇野已經下車。她站在兩人前面，肩膀發抖，像是在說已經夠了吧。

「宙海，妳不要說話。」「就是嬸嬸的這種態度——」

「不要吵了！」

宇野搖頭。

「已經……夠了，不要吵了……」

宇野眼眶含淚這麼一說，「宙海……」秋櫻就難過地放低聲調。

秋櫻咬唇，說聲「對不起」，但還是先對宇野的母親點頭致意，然後打開車門，將宇野留在副駕駛座上的包包交給她本人之後……

「……先走了。」

她靜靜地留下這句話，發動引擎。

車子開走時，宇野和我對看了一眼——我覺得是這樣。

她眼眶含淚，求救似的看著我，但我什麼話都說不出口，什麼都辦不到。我和秋櫻不一樣，一句話都反駁不了，也沒辦法伸出援手，就只是縮在車子裡不出來。

彎過轉角後，車子停了下來。

「唉～」

秋櫻趴在方向盤上掙扎地說了。

「我實在是好糟糕啊……」

她按住額頭，懺悔似的垂下頭。

「請問，為什麼糟糕？」

秋櫻有好好反駁，站在堂妹的立場為她反駁。

「我不要緊。因為我吼了，痛快了，說聲再見，就不用再見到嬸嬸了。可是宙海不一樣，她要一直住在家裡生活，直到離家獨立為止。」

可是秋櫻反駁的話沒有錯。我這麼一說，她就搖搖頭說：「不對。」

「至少不應該在她面前說。宙海她啊，很善良，所以會受傷。我和嬸嬸爭吵，她會覺得都是她的錯，會因為這樣而痛苦。」

「這……」我很想說這沒道理，但仍把後半句話吞回去。現在我們談的不是有沒有道理，而是事實。

那個綁辮子的正經少女心靈受創的事實。

「我真是不貼心啊……唉……」

車子往前開了。

秋櫻似乎陷入自我厭惡，頻頻嘆氣。

不貼心還好得多了。比起明明看到同伴中槍，卻只會縮在安全地帶的我，那樣好太多了。

——CP值才是最高的吧？

宇野母親的這句話深深沉入心底。

3

路燈微弱的燈光照亮的巷子。

我在不熟悉的地方下車，只好靠著不太靠得住的方向感先沿著路走再說。我該找個地方買便當就直接去找星乃，但又不想懷著這種心情回去。

——妳這樣引誘她，要是她考不上學校，妳要怎麼賠她？妳負得起責任嗎？

走著走著，宇野母親的這句話就在腦海中掠過。

負得起責任嗎？的確是這樣。我是不用說，就連秋櫻對宇野的人生以及她們母女的問題而言，都是局外人。就算宇野最終考大學或就業失敗，我們也不可能對這個結果負得起責任。出學費的，還有就業時能當她身分保證人的，都是宇野的雙親，不是我。

——我們家女兒不一樣，她有好好進行人生設計，朝著穩定的將來努力。

穩定。

這句話就像毒藥似的行遍我全身。和我過去自己有過的主張一模一樣。找個穩定的工作，退休後有存款和年金。

在那兒說話的人，是宇野的母親與秋櫻。然而我卻產生了一種錯覺，覺得實際上是我在那兒痛罵宇野。偶像？妳在說什麼鬼話？想當那種東西，將來會沒飯吃——換作是前不久的我，肯定會這樣主張。不，就算是現在，我的真心話又是如何？

宇野宙海當不上偶像，這是已經確定的二〇二五年的未來。而宇野確定的路線是縣府公務員這條穩定性極佳的路線。現在支持她的夢想，就像是把她從牢固的石橋拉到快要垮的吊橋上，怎麼想都覺得風險太高了。不，幾乎就像詐騙一樣吧？

的確，現在宇野多半很難受。放棄夢想是很痛苦的事，而忍著不去碰偶像這個興趣應該也會很難受。可是，現在好好念書，將來得到穩定的職業，這才是像樣的人生吧？要說什麼尊重當事人的意思這種漂亮話，將來會付出慘痛代價的還不是宇野自己？

涼介那時候沒問題。涼介當醫生是已經確定的事，他有著只要努力就能考上醫學系的能力。這是我親眼見證過的未來。

伊萬里那時候也沒問題。她會當上服裝設計師，所以我能放心支持她追求夢想。他們兩個走的都是保證能夠成功的路線，是不會錯的選擇。

可是宇野相反。她正要從縣府公務員這條保證能夠成功的路線偏到偶像明星這條確定會失敗的路線。只要照她母親的話做，宇野的將來肯定會很安穩。考上當地很難考的國立大學，當上縣府的員工，雖然算不上富翁，但有著一帆風順的人生等著她。要當偶像的歌迷，等一切都安穩了也還能繼續當。

答案已經出來了，但我卻還得在宇野背上拍一記，把她扔上危險的吊橋嗎？年輕的時候，這樣大概也行。可是將來呢？退休以後呢？我有辦法為她負責嗎？

我明白追逐夢想很重要，我在這「第二輪」的人生才總算學到了這點。是伊萬里教我，而我鼓勵涼介追夢，這才想起星乃教過我的——A×C＝P。所以這我明白。我明白對宇野而言，那就是她重要的「夢想」。所以我不會嘲笑宇野，嚮往成為偶像明星的宇野反而很耀眼。她的眼神中沒有謊言。這我懂。

可是我知道。宇野的未來。穩定的公務員路線，與豈止不安定，甚至確定會失敗的夢想路線。石橋與吊橋。

什麼才是對的？該選的選項是什麼？這種時候，我該怎麼做才好？

少女的臉浮現在腦海。她雙眼含淚，像隻擔心受怕的小羊。可是我連一句話都沒辦法對她說。我縮在安全的地方不出面，我沒有膽子，我沒有勇氣像秋櫻那樣去承受對方的謾罵。那個時候，我應該要想著「管他的！」就衝出去。我明明應該知道這點，但我就是辦不到。

經驗值不夠。人生的經驗值不夠。可是，我害怕失敗，累積不了經驗值。

不知不覺間，我已經走上陌生的路。

一條連一盞路燈都沒有，一片漆黑的夜路。

——糟糕。

我想事情想過頭，根本沒在看路。我失去了方向感。車站是往哪邊？昏暗的路上，兩旁的住宅也靜悄悄的。一幅讓人錯以為走進了幽靈城的光景。

我得回頭——就在我想到這裡而轉過身時。

我當場僵住。

意料之外的——不，我內心深處多半料到了幾分——當我對人生迷惘，詛咒自己的失敗時就會出現的那個人物。

「她」坐在圍牆上。

從帽子下露出的栗子色頭髮；沒有風在吹卻在翻動的白色裙子；貓也似的慧黠眼神。她把圍牆當成長椅坐著，無所事事地雙腳盪啊盪的。

「晚安。」

戴著貝雷帽的少女就坐在那兒。

4

「嗨，好巧啊。」

戴貝雷帽的少女就像個住在附近的朋友，很自然地跟我打招呼。

夜色之中，她的雙眸彷彿蘊含了魔力的寶石一樣散發光芒，映出了我。從她那明顯還很幼小的身體，一雙又細又白的腳像鞦韆般盪著，將坐在別人家圍牆上這種沒常識的行為理所當然地融入景色當中。

可疑的存在感。每次看到都會有種看不見的壓迫感。像是身體變重，卻只有少女身邊的空氣很輕盈，一種不可思議，令人心神不寧的感覺。那是不管經歷幾次都無法習慣的只有這個少女在場時會顯現出來的空間。

「你不怎麼驚訝呢。」

「……託妳的福。」

我勉強吐出了台詞。都第三次了，腦袋多少總會靈光點。

外表不重要。無論是她那稚氣的臉龐還是小小的身體，要談論這名少女時，那些都不構成意義。我所承受的這種不明所以的壓迫感，空氣變稀薄的感覺。到了現在，第三次遇見她，我才總算找到了答案。

是魔物。

我正在和跳脫了定律框架的魔物對峙。這樣一想，就覺得弄懂了壓在雙肩上的沉重壓力，以及令我縮起身體的戒心是怎麼回事。

「竟然說人家是魔物，好過分啊。」

不會吧？覺得不可能的心情和覺得果然如此的心情同在。她是魔物，所以讀心這點小事當然難不倒她。這證明了我的猜測。

「要不要我來猜猜你在想什麼？」

八成會猜中。

「啊，什麼嘛，真沒意思。不可以這樣啦。因為驚奇才是人生，緊張刺激才是精髓啊。」

少女微微瞇起眼，呵呵笑了幾聲。

「那麼，今天我們就反過來吧。不談『你』，關於『我』的事情我什麼都說，你可以隨便問。」

反正只會被轉移焦點。

「你要不要試試看？」

「妳叫什麼名字？」

「IO。」

「……咦？」這出乎我意料。IO？她剛剛說了「IO」嗎？

「我的名字是『IO』，至少被人這麼叫的時間最長。你滿意了嗎？」

「……妳還說得真乾脆啊。」

「因為我們約好了。可是，這次輪到『我』了。」

自稱IO的少女邊著腳問起。

「你為什麼走在這樣一條路上？」

「咦？」

她又問了奇妙的問題。

我朝四周一瞥。昏暗的市鎮，陌生的路。

「也沒為什麼，因為我在發呆……」

「不對。」少女搖搖頭。「你是自己走來的。用自己的腳，走自己選的路。」

「我選的……」

「對，是你自己選的。你不注意，不小心，這些都不重要。你自己選了自己的路，結果迷路了。可是這是你選的路，所以是你的責任，是你自己不好。」

「是沒錯啦。」

我不明白少女想說什麼。每次都是這樣。

「──那麼，『她』呢？」

「她？」

「就是其實有想做的事卻因為周遭反對，無法選自己想走的路的那個女生。」

「妳是指宇野？」

「你不覺得這很不可思議嗎？明明自己想做，卻沒辦法自己選這條路。吃自己想吃的東西，穿自己想穿的衣服，去自己想去的地方，看自己想看的書。可是為什麼就只有人生，不可以自己選擇？」

「這……」

「選下去就好了。既然是真正想做的事情，就自己去選擇。」

「妳等一下。」

被她這麼輕而易舉地說出結論，讓我不由得想反駁。相信這就是少女的步調，我已經身在她的計略當中。但這也無所謂。

「失敗了要怎麼辦？」

「那也是一次經驗──」

「不要講這種不負責任的話。」我也要說出我想說的話。「妳說得倒輕鬆，說不管成功還是失敗，都會變成經驗值。可是，就是因為不關妳的事，妳才說得出這種話。選擇了，失敗了，會付出慘痛代價的是宇野自己。而且宇野的夢想──」

「不會實現。」

「……沒錯。」

我已經很習慣被她搶在前頭，但被她這麼明白地斷定還是很不舒服。不對，冷靜，這個少女是魔物。

想來所有遮掩都不會管用。她那找樂子似的有點像貓一樣發光的眼睛，會把我心中想的念頭看得清清楚楚。

所以我直接拿我的意見去碰撞。

「她的將來本來是得到保證的。她認真念書，考上難考的國立大學，還考上公務員資格，被縣府錄取。」

「嗯嗯，然後呢？」

「但是如果她想去當偶像明星，一定會把路走偏，會錯過穩定的將來。」

「這你就錯了，平野大地同學。」

「咦？」

「『穩定的將來』是什麼？」

「就是字面上說的那樣。」我拚命反駁。「有一定的收入，職場不會破產，也不會被開除……」

「有一筆存款，退休後可以領到足夠的退休金和年金？」

「沒……沒錯，就是這麼回事。」

對方說出年金和存款這樣的字眼，讓我硬是覺得有點突兀。這個不食人間煙火，像是從世界游離出去的少女講出這麼俗氣的字眼，讓我覺得很不可思議。

「這穩定嗎？」

「咦？」

「假設有充分的退休資金，這就是穩定？」

「是吧，有錢不就會穩定嗎？從六十幾歲開始領年金，然後拿到一大筆退休金，老後的生活應該就會很安穩，就算生病也能安心吧。」

「安穩？穩定？安心？」

少女歪了歪頭，一副由衷無法理解的模樣。

「也罷。所以，你們打算活到幾歲？」

「幾歲……」我跟不上少女的邏輯。「大概八十歲，或九十歲吧……」

「嗯嗯，也對。這就是人類的壽命。就這個國家的這個時代來說，女性是八十七歲，男性是八十一歲？等不到一百歲，幾乎所有人就會走到壽命的盡頭。不過，也不用算這麼細，人類過個短短一百年就一定會死。」

「這……是沒錯啊。」

「人類的死亡率就是百分之百。」

少女連這種事情都說得很開心。

「無論多麼堅若磐石的人生，無論多麼豐潤的資金，無論多麼高度的醫療，都沒有辦法停住人類的時間。人類有壽命，很遺憾，憑你們這個時代的醫學水準，基本上這是無從抗拒的真相。」

她的眼睛在夜色中發光。

「『人生的橋，對岸什麼都沒有』。」

「橋……」

「不管人生過得連石橋也要敲過才走（註：日本諺語，比喻很小心翼翼），人生的橋最後一定會有盡頭。如果把壽命一年算成一公尺，就看是到八十公尺、九十公尺，或者一百公尺……不存在所謂對岸，不存在過了橋之後的人生。你開口閉口都是穩定，但橋的另一頭，過了橋之後，什麼都沒有。人生不管走什麼樣的路線，選什麼樣的橋，最後的最後一定會結束——也就是說啊……」

少女靜靜地宣告結論。

「『人生當中，不存在本質上的「穩定」』。」

她從圍牆上站起，低頭看著我這麼說：

「但願在人生的最後，『橋』終於到了盡頭的時候……你不會在死亡深淵後悔。」

戴貝雷帽的少女——IO，輕飄飄地跳到圍牆另一頭。

我跑過去一看，圍牆內已經沒有一個人在。

5

發生了這種事情的幾天後。

宇野那件事有了令我意想不到的發展。

「我是船員平野大地。」『去買炸蝦便當來。』「已經買了。」『准許入室。』

我聽見艙門開鎖聲，總算獲准入室。最近她似乎愈來愈不懂得什麼叫客氣，常會在我入室前要我去買東西。

我一走進二〇一號室……

「哇！」

突然就有個東西從我眼前掠過。這個物體發出嗡嗡作響的振翅聲迴旋，在空中持續懸停。

「不要在室內飛。」

「炸蝦——」

「拿去。」我在她說完前就遞出了便當袋。結果一架相當小型的無人機伸出機械手臂，靈活地接住便當盒，回到房間裡頭。該怎麼說呢，真的是很無謂。

仔細一看，室內還有許多大同小異的小型無人機持續懸停，聲響在密室內迴盪，嗡嗡作響地很吵。

「沒辦法再安靜點嗎？」

「威利1，著地。」

星乃一聲令下，小型無人機編隊就當場著地。雖然底下是一大堆破銅爛鐵，但這些無人機各自找到了看來比較穩定的桌子、紙箱或書籍上停歇。

「好厲害啊。聲紋辨識？」

「很簡單的。還有像這樣的。」星乃舉起手，指尖用力往上一揮。結果一架無人機再度啟動，離地五十公分左右。她將手指往水平方向一彎，無人機就開始水平移動；手指放下，無人機再度著地。

「這是什麼魔法啊？」

「很簡單的機制。我改造成不必用比例控制器，用『這個』就能操縱。」

少女把像訂婚戒指一樣戴在手指上的指環秀給我看。

「因為如果沒辦法更體感地操作，空中纏鬥就贏不了。」

「妳還想打喔？」

「當然。下次一定要分個高下。」

看來那場「空戰」點燃了星乃的鬥爭本能，最近的她心無旁鶩地在改良無人機。她的個性本來就不認輸，偏偏她最不缺的就是頭腦、時間與資金，所以小型化與自動化等等的改良都日益精進。

「將來我會做到不管待在國內的哪個地方，都只要靠這個戒指就能叫出無人機。啊，平野同學的聲紋資料我也都先輸入進去了。」

「妳根本沒把別人的隱私當一回事吧。」

我說歸說，自己也試試看。

「威利1，發射。」我試著命令，但什麼事都沒發生。

「平野同學，這個。」星乃拋了個東西過來。我在空中接住一看，是剛剛才看過的戒指。仔細一看，上面有三個小小的按鈕。

「這個，要怎麼弄？」

「戴在食指上，用拇指按側面就是ON，放開就是OFF。指紋認證是我或你都能解除。還有這已經用GPS定位，所以光是讓手指前後左右挪動就可以操作。動得快就是加速，慢慢動就是減速。聲紋認證就是把戒指當對講機說話，雖然已經輸入的詞彙還很少。」

「收到。」

我照她的話做，把戒指套上食指，按住側面看看。

「威利1，發射。」

結果就有一架小型無人機開始轉動旋翼，輕飄飄地離地。

「哦？」

「這是室內，所以我把移動感應的靈敏度調低了。但一開始還是要小心點操縱。」

「OK。」

我慢慢將手指往左挪，結果無人機就緩緩向左移動。往上比就會上升，往下劃就會下降，對斜向操作也會好好反應。體感非常棒。

「這樣一來，連技術很爛的妳都能操作啊。」

「以嗯歐吼耶（你很囉唆耶）。」

星乃已經開始大吃炸蝦便當。我一邊前後左右挪動手指，讓無人機繞著圈子飛，一邊問起：

「這個，在室外也行得通嗎？」

「午要歐得傲運傲（只要收得到訊號）。」

「在東京都心也行？」
「午要伊伊欸唬能用（只要GPS能用）。」
「妳沒事這麼天才幹嘛？」
「以歐吼（你囉唆）。」
她把最後一口炸蝦便當吞下去之後……
「只要事先輸入座標，也可以像送快遞那樣叫無人機趕去。只是因為太小型，有點怕強風。」
「都可以開無人機公司啦。」
我像樂隊指揮似的動著手指，讓無人機著地。
接著……
「我吃飽了。」「啊！」仔細一看，便當裡的炸蝦已經被吃得乾乾淨淨。
「我的份呢？」
「等你賠了威利才有嘍。」
貪吃的少女嘴邊還沾著飯粒與塔塔醬，宣告得臉不紅氣不喘。
我操作無人機，過完今天一整天，走出銀河莊時。

手機響了。

朝畫面一看，上面顯示著「宇野秋櫻」這個名字。

「喂？」

『平野同學！』說話聲從手機直衝而出。『宙海有沒有去找你？』

「不，沒有。」

『唔……』

秋櫻為難地呼出一口氣。

「請、請問發生什麼事了嗎？」

我想起先前道別時宇野的表情，覺得有些心神不寧。

對於我的問題，她以壓抑的聲調回答。

她說，宇野離家出走了。

6

本來我和宇野並不是那麼熟。

『平野同學，你的志願調查表還沒交吧？』
『嗯，不好意思，我明天就交。』
『該不會……平野同學對於選志願也會猶豫？』
『咦？』
『啊，沒有，不好意思，沒事。』
在所謂「第一輪」時，我和宇野有過這麼一段對話。我記得的也就只有這些，但當時已經算是聊得很久的一次了。
當時宇野也是擔任班長，現在回想起來，就覺得她似乎也不太有精神。『平野同學對於選志願也會猶豫？』——不知道當時的她心中懷著什麼樣的迷惘。
我跑在夜晚的街上到處找宇野。從剛剛就撥了好幾次電話給宇野。
我不是一個善良到會為了一個離家少女而奔走的好人。本來我屬於那種會說聲「交給警察就好」很乾脆地割捨掉的類型。只是，這次我曾經陪她聊過志願，而且即使隔著電話也聽得出秋櫻的聲調迫切，還有——
——CP值才是最高的吧？
我跑在街上，腦海中仍不斷迴盪著宇野的母親那句話。
——重要的是，有穩定的工作、穩定的收入、穩定的退休生活。媽媽說的話有什麼不對嗎？

這幾句話每在腦中播放一次，我就會產生一種錯覺，好像這些話是從我口中吐出來的。過去我一直都是這麼想。ＣＰ值、效率、穩定、退休、存款、年金、退休金。一臉很懂的表情，高舉乾燥無味的說法，將對方的夢想與希望都一刀兩斷。這實實在在就是我過去所做的事情。

宇野……妳可別做傻事啊。

隨著時間經過，不好的預感在我胸口不斷高漲。腳自然而然走向宇野家，但坦白說我不明白這麼做有什麼意義。宇野都離家出走了，不可能會待在自己家。但除此之外我也沒有地方可以找，所以一邊不斷用手機重撥宇野的手機，一邊焦躁地走著。

就在這個時候。

手機響了。我心想該不會真的來了，拿起來一看。

「……？」

畫面上顯示著「公用電話」。這年頭還真難得有人打公用電話。會是誰呢？

「喂？」

我也可以拒接，但我想到也許是宇野，所以試著接起來，結果……

『…………』「呃～～喂？」『…………』「是宇野嗎？」『…………』「對不起，我要掛——」

正當我心想大概是惡作劇電話，準備掛斷時。

『——三公園。』

我聽見了這句說得有氣無力的話。

「咦？」

電話掛斷了。

怎麼回事……？

就算想打回去，對方是公用電話，而且內容也讓人莫名其妙。是所謂的怪電話。

——三公園。

第三公園——雖然聽不清楚，但聽來像是這樣。

如果是市立第三公園，記得的確就在這附近。用手機一查，發現徒步距離大約五分鐘就會到。

一個有氣無力、冷漠、低沉的說話聲。總覺得以前也聽過……

——小心。

「不會吧……」

我嘴上嘀咕，腳步已經踏了出去。

五分鐘後。

都這個時間了，夜晚被路燈微微照亮的公園裡，當然沒有小孩子在玩。寬廣的公園，只看到零星散布的遊樂器材落寞地佇立著。

月見野市立第三公園。

我走進公園，走了一小段距離，但結果還是一樣，沒有一個人在。說來是理所當然，但如果真是這樣，那通可疑的電話到底是想說什麼呢？不，真要說起來，半夜跑來這種公園的我才不冷靜吧。

我打算離開，但又沒有下一個應該去找的地方。就算去宇野家，如果她母親跑出來，多半反而會讓事情更複雜。

接下來該怎麼辦……正當我茫然看著手機通話紀錄時。

我聽見了微微的聲響。

轉頭一看，公園的遊樂器材——外觀是巨大瓢蟲——的洞裡，有東西動了一下。看起來倒也像是有人探頭看我，然後又把臉縮回去。

「是誰……？」

我叫了一聲，但沒有回應。

我心想：會是遊民嗎？但又覺得既然都來到這裡，就弄個清楚吧。如果真的情形不妙，狂奔逃走就是了。

我想到這裡，走近瓢蟲型遊樂器材，找個合適的洞口往裡頭看。

「啊……」我們四目相對。

只有微弱月光照進的昏暗瓢蟲內部，有個抱著雙腿縮起身體坐著的少女。她看著我，眼睛因驚訝而瞪大。

「平、平野同學？」

我忍不住叫了對方的綽號。

「Universe……」

○

瓢蟲裡比我想像中寬敞。

我彎腰鑽進像是蟲蛀的洞裡一看，就看到穿著便服的宇野宙海，而她身旁莫名放著一個紙箱。

「我坐這裡，可以嗎？」「嗯……」少女無力地回答，當我一靠近，她就將紙箱往自己身邊拉近一些，挪出了空間。我隔著這個紙箱在她身旁坐下。地板冰冰涼涼，公園的沙摸起來很粗糙。

「你怎麼會知道這裡？」

「呃～～……」

我不知道該不該說出那通幾乎無言的「怪電話」，但也覺得解釋了反而可疑。

「秋櫻姊聯絡我，我就在附近找……自然而然找來這裡。」

「這樣啊……」

宇野並不細問。現在她大概也沒那個氣力吧。

我有很多事情想問，但宇野想不開的表情讓我有所遲疑。

拉起視線一看，瓢蟲內的光景就像陌生的異世界。半球狀的空間被淡淡的黑暗填滿，小小的洞口透進了月光。舉例來說，就像個小小的星象儀。

我朝默不作聲的宇野瞥了一眼後，再次看了看位於我和她之間的紙箱。仔細一看，發現這就是以前宇野拿給我看過的那個裝了偶像周邊的紙箱。就是藏在壁櫥裡的那個。

「這東西，是怎麼啦？」

「嗯……」

少女只轉動視線看向我。黑夜裡，只有她的臉頰白得醒目。

「媽媽……要我拿去丟掉……」

——啊，這是真夜參加廣播節目公開錄音時的劇本。我參加後援會企畫，結果抽中了，厲害吧？這可是全世界只有一個人拿得到的喔。

「喂，妳說丟掉……」我看著紙箱。宇野介紹這些周邊的時候真的很開心的樣子。對宇野來說，這些應該都是她的「寶貝」。

「妳認真的嗎？」

「起初，我是反對的。」宇野把臉埋到抱著的雙腿說。「可是，媽媽好生氣……所以，我忍不住說了聲『嗯』……」

我隱約想像得到。之前宇野的母親和秋櫻起口角時也是咄咄逼人，彷彿在說自己絕對是對的，以不允許任何妥協的強勢口吻逼問對方。

宇野不抬頭，說了下去。

「媽媽她……打電話給回收業者……看到卡車開到家門前，我就突然……害怕了起來。所以，不知不覺間……我就拿著這個，逃家似的跑出來……」

「所以才躲在這裡嗎？」

少女的頭在雙腿上微微一動。

「也不是說非丟掉不可吧？」我試著說出心裡想到的念頭。「像是找個地方藏起來，不然乾脆寄放在我家？」

「可是……這樣就會變成在騙她。」

「咦？」

「因為我答應過媽媽，說要丟掉……」

「這種事情只要別說就不會穿幫啊。」

「話是這麼說沒錯……」

她說到一半就停了。我聽見幾聲無力的鼻子吸氣的小小聲音。

——她真的沒辦法違逆爸媽啊。

我想起了之前聽宇野說過的話。『一有人對我說什麼，我就會心臟揪在一起，再也沒辦法抗拒，連話都說不出來，思考會停止。』她本人是用這麼一個說法來形容自己。精神上的奴隸。

相信有的人聽了會笑，會覺得怎麼都上了高中還只會對爸媽言聽計從。但我多少能夠體會她的心情。

小孩是無力的，無論對爸媽，對老師，對這個社會，就是會極為無力。無論口頭上怎麼看不起爸媽或老師，如果爸媽不答應就沒辦法升學，也沒辦法去工作，別說出不起學費，連生活費都無法籌措。跟爸媽意見一致時就沒事，爸媽願意多少妥協時也還算好。可是，當爸媽真心——就像宇野的母親那樣，用強勢的語氣展開「支配」時，小孩就只能變成「奴隸」。有人說得簡單，認為只要說服爸媽就好，但無論知識、經驗、立場還是道理，都是爸媽占優勢。如果有人對國中生或高中生說：「爸媽是可以說服的。」我就會想對這個人說：「那你有辦法說服母公司的總經理嗎？」當對方握有壓倒性強大權力的時候，說什麼「反抗不就好了」是不顧現實的理想論。我擅長察言觀色，這些年來跟爸媽與老師周旋得很得要領，所以很清楚這點。正面硬碰硬只會受傷或弄得很麻煩，得到的東西很少，消耗的能量很大，整體而言只會吃虧。這點我非常清楚。就算毅然離家出走，如果爸媽不蓋章，就連要住的房子都租不到，一份工也不能做。這才是現實。

宇野也許極端，然而，絕對不是例外。我們違逆不了雙親。即使表面上違逆，對於我們在法律上與經濟上都從屬於雙親的事實，哪怕一毫米都沒辦法撼動。「未成年」就是這麼回事。

我瞥過去看著宇野的側臉。她臉頰僵硬，全無血色。雖然無法違逆爸媽，但仍然無法丟掉這些「寶貝」。少女在兩難的處境中動彈不得，僵硬的面孔看起來好脆弱，簡直像隨時都會碎裂的石膏像。

「——平野同學。」

接著少女以顫抖的嗓音宣告。

「我有事……想拜託你。」

「什麼事？」

「這個……」

宇野咬緊嘴唇，然後像是過度呼吸而吸不了氣似的痛苦地擠出話語。

「你……可以替我……」她勉強說出了這句話。「拿去丟掉……嗎……」

說完又把臉埋到腿上。顫抖比剛才更劇烈。

「這樣好嗎？」

點頭。

「真的？」

點頭。可是，顫抖並未平息。

「其實，這個……妳不想丟吧？」

「可是──」她總算抬頭。那是一種像是要哭，但又對某種沒道理的事物累積了滿滿怒氣似的悲痛表情。「我答應過媽媽……說會丟掉。」

「妳說錯了，是被逼著答應吧？」

「…………」

宇野答不出話來。她就只是看著我，然後壓低視線。

「好啊，既然這樣──」

我打開紙箱。用指甲撕掉側面的膠帶，將這機關似的蓋子掀開，從中拿出一本書。《星葛真夜First寫真集》。是有著親筆簽名的珍品。

「妳說要丟掉，那麼這本寫真集妳也不要了吧？」

「…………」

宇野沒拉起視線。她的臉仍然貼在腿上，像是不敢看。

接著我「唰」一聲撕破了紙頁。

這一瞬間，宇野震驚地猛一抬頭。她彷彿心臟破裂了，雙手用力按住胸口，發出

「……唔、啊！」這種不成聲的哀號並看著我。
「我沒撕。」
我把手上的紙張往紙箱上一扔。那是我從錢包裡拿出來的幾張收據。
「妳還是很寶貝這些吧？」我把寫真集還給宇野，她就以發抖的手接下，珍惜地緊緊擁在胸前。
「你好壞心……」「對不起。」
宇野當不了偶像明星。這是二〇二五年已經確定的未來。所以我不知道宇野去當偶像以及支持她這個夢想，對宇野而言是不是好事。
只是，有一件事我可以確定。
——為了不抹煞自己。
這個時候，我想起了之前聽宇野的堂姊秋櫻說過的一句話。
剛剛我佯裝撕破寫真集時，宇野感受到了一種像是自己的心臟破裂的痛。這本寫真集——這箱子裡的種種偶像周邊不只是東西，而是她的心臟，已經是她身體的一部分。
如果撕毀了這些，人就會——
「宇野。」
我站起來。宇野抬頭看我，她的眼睛被眼淚弄得像是水面倒映的月亮一樣搖曳。

「我們走。」

7

我們兩人一起前往宇野的家。宇野一直珍惜地雙手抱著紙箱。即使我提議要幫忙拿，她也絕不放手。

途中我聯絡了秋櫻，但因為收不到訊號打不通。於是我先傳了訊息：『找到宇野了，我現在送她回家。』

隨著離家愈來愈近，宇野表情的緊張比例也逐漸升高。不知道她是認為拿著「這個」回去會被罵，還是怕這麼晚還不回家會被責怪。不管是哪一種，宇野的表情都像個一心只想著不要被罵的幼兒一樣無力，我在她的臉上看見了曾幾何時涼介有過的表情。

大家都是小孩。星乃就不用說了，涼介、宇野，就連那個我行我素的伊萬里，和母親吵架時也曾奪門而出。而我足足活了二十五年，仍對自己的人生方向沒有信心，才更是最不成熟的一個。

一來到家門前，宇野停下腳步，然後看了我一眼。我問了一句：「可以嗎？」她就微微點頭。於是我按下門鈴。

小小的鈴聲在玄關口迴盪。

「宙海！」門被用力打開。

宇野的母親一瞬間露出像是放下心來的表情，但目光立刻停在女兒懷裡的紙箱上，表情轉為陰沉。

「妳知不知道現在幾點了？我們說好門限是八點吧？」

「嗯……嗯。」

宇野立刻垂下頭。

「回收業者已經回去了喔。妳答應過我要丟掉這些吧？」

「嗯……」

少女什麼話都說不出口，受寒的腳上冒出雞皮疙瘩，微微發抖。她的身體苗條又嬌小，像是隨時都會癱倒。從兩邊辮子的分邊處露出的白色後頸，像初生軟毛般纖細的髮絲在搖動，顯示出少女萎縮的精神。『我胸口就會揪在一起，什麼話都說不出來。』以前宇野是這麼評論看爸媽臉色的自己，想必她現在也處於這樣的狀態。

「妳又跟秋櫻在一起了吧？」

雖然只是一瞬間，但我心中湧起了一股遲疑，不知該不該插嘴管她們的家務事。但我立刻揮開這個念頭。我不要再像上次那樣只有自己躲在後座，躲在安全地帶發抖了。

「好了，進來吧。去洗個澡，今天早點睡。『這個』明天媽媽幫妳丟掉——」

「——不好意思！」

我出聲說話，踏上一步，宇野的母親就吃驚地瞪大眼睛。大概是先前門擋出了一個死角，讓她沒注意到站在她女兒斜後方的我。「你是什麼人？」狐疑的目光刺向我。

「是跟我同班的，平野同學。」宇野幫忙打圓場。

「同班？」母親愈來愈狐疑。「是你帶著我們家女兒亂跑？這樣我會很為難，畢竟現在正是關鍵時期，要是被警察帶去輔導，你是要怎麼賠？你該不會跟我家女兒——」

「不、不是啦，媽。」宇野趕緊否定。「平野同學是來幫忙找我。他擔心我。」

「——我在家裡聽妳解釋。」

母親只把女兒拉進家中，就要關門。

「你是平野同學，是吧？謝謝你送我們家女兒回來。可是不好意思，時候已經晚了，今天可以請你回去嗎？相信你爸媽也在擔心。」

「我會回去，可是，我可以說句話嗎？」

「什麼？」

視線刺向我。她的表情是在說：你打算說什麼？

但我不退縮。今天有唯一一件事，我說什麼也要她答應不可。

所以，我悄悄攔在她們兩人之間，把宇野護在身後。

告訴她——

「可以請妳答應不要丟掉這個紙箱嗎？」

「……啥？」

她表情一歪，眉頭皺起，儘管表情經過壓抑仍掩飾不住不愉快，是宇野一直感到害怕的表情。而我也真的感受到了少女在我背後小聲倒抽一口氣。

「你在說什麼？」

「就是說，希望妳不要丟掉這個紙箱。這裡面裝著宇野——裝著令愛最寶貝的東西。所以，希望妳不要丟掉。」

「這不關你的事吧？」

她瞪視的視線刺在我身上。但我繼續說：

「令愛一直很喜歡這個偶像明星。所以這對她來說，是非常寶貴的東西。」

「就說了，這不關你的事吧？這是我們家的問題，請不要插嘴管別人的家務事。」

「可是……」

「別說那麼多，你回去就對了。」

宇野的母親更加重了語氣。

但我不退縮。我背後有宇野，有個小小的孩子在發抖。

「那些周邊，請妳不要丟掉。只要妳肯答應，我今天就回去。」

「你給我適可而止。要是你再這麼糾纏，我可要聯絡你爸媽了。」

「無所謂。可是，請妳答應──」

「不要講這種不負責任的話！」

母親大喊。宇野在我背後全身一震。

「你自己明年也是考生了吧？你應該知道現在是很關鍵的時期吧？我們家女兒也一樣，所以她沒有時間去迷什麼偶像明星這種東西。這種東西啊，等將來能好好賺錢再買就行了。」

「不是這樣的。」我一再反駁。「考試很重要，但這個紙箱裡的東西，對她來說也是很重要的寶貝。請妳諒解這一點。」

「我剛剛也說過吧？這就是不負責任。如果這樣害我們家女兒考不上好學校，你打算怎麼賠？她啊，國中和高中都因為身體不舒服，考試表現不好，明明模擬考都是A級……所以，考大學就是她回歸像樣人生路線的最後機會了。如果這次再失敗，你打算怎麼賠？要是沒考好，之前所有為考試而念的書都會白費。你負不起這個責任吧？」

「責任……」

「對啊，你要去玩，考不上好學校，那是你自己的責任，可是你沒辦法連我們家女兒的責任都扛起來吧？學費誰來付？重考班的費用誰來付？知道了就回家去，然後不要再接近我們家女兒了。」

責任、學費、重考班費用，這些字眼現在聽起來都帶著幾分威脅的意味。舉例來說，就像是用來逼對方屈服的交涉牌裡很強的牌。這個母親這些年來，就是這樣斬斷女兒的反駁。不對，不是這位母親，我自己以前也是這樣。

「你聽好了，我們家女兒要朝穩定的志願走，所以大學也要好好去考國立大學，然後還要盡快開始準備公務員考試。迷偶像這種興趣，等生活穩定了，到假日再玩就好。還是小孩子的時候就是不懂得這種優先順序，所以做爸媽的得好好教才行。我說的話，你懂嗎？」

對方的嘴吐出了各式各樣的道理。這些乍聽之下很有道理的話全都好乾燥，好尖銳，我正面承受著這些話語，愈看愈覺得對方的嘴、臉孔還有話語，就和「我自己」一模一樣。我現在面對的不是宇野的母親，而是我自己的話、我自己的道理、我深深沉迷的CP值、穩定、訣竅、老後生活會很悲慘等——我就是在面對這種種說理。

我沒有「夢想」。沒有像伊萬里，像涼介那樣，將來想實現的夢想。所以，我沒有足以正面反駁這些道理的「自己」。我沒有辦法抬頭挺胸說比起CP值、比起穩定，我有更想實現的夢想。而且這是宇野的人生，是宇野的夢想，我並不站在應該插嘴說三道四的立場。這個做母親的說得沒錯，我是個無關的外人，根本負不起責任。

——可是……

有事情錯了。

我忽然往後一看，宇野臉色蒼白，像是連站著都很難受。然而只有那個紙箱，她還是牢牢抱著。

宇野將來當不了偶像明星。即使如此，還是有事情錯了。我怎麼想都不覺得把宇野宙海這個少女丟上確定會失敗的「夢想」路線是對的事情。但即使是這樣，此時此地，宇野在發抖，以擔心受怕的表情抱著珍惜的事物。逼她丟掉這些東西絕對不對勁，一旦做出這種事，這個少女心中大概有些事物會就此毀掉。

忽然間，我想起了宇野秋櫻的話。

——如果啊，我現在「因為害怕，所以不再取材」，就這麼丟下這件事，我應該就會倒退回那個時候。我的心一定會死掉。

她是這麼形容的，說心會死掉。

——這樣一來就完了。我會死。就算還在呼吸，心也已經死了。身為記者的我會死，宇野秋櫻這個人的靈魂也會死。像這樣抹煞自己活下去，比死還要可怕。

靈魂會死——那個時候，我並沒有特別在意這句話。我本來以為那就像是一種記者的矜持，是宇野秋櫻式的一種對堅定心意的表達。

但不是這樣。

不只是秋櫻，每個人都是這樣。

心。

靈魂。

抹煞自己而活下去這件事……

「所以啊，呃，平野同學？」宇野的母親——不，是直到前不久都還是這樣的我自己——「請你不要擅自干涉我們家的教育方針。這是我們家的問題。」

「——不對。」

脫口而出的反駁，聲音低沉得不像自己發出來的。

「不是『我們家』的問題。這是『妳女兒』的問題。」

「咦？」

「『的確，我沒辦法為妳女兒的人生負責。但妳也一樣』。」

「你在說什麼？我是這孩子的——」

「是母親又怎樣？」不知不覺間，我加重了語氣。「是母親，就可以決定女兒的人生？是母親，就可以丟掉女兒寶貝的東西？」

「女兒的人生，做媽媽的我最擔心。是我懷胎十月生下她，從她還是個嬰兒就一直照看著她，養她養到十七歲，你知道嗎？我擔心女兒的將來，這是當然的吧？」

「我不是在說這種事。妳的所作所為不是『擔心』，是『支配』。」

「你說……這是支配？」

「妳要逼女兒丟掉她最寶貝的東西，請問這不是『支配』，那是什麼？」

「可是我女兒正面臨關鍵時期。偶像明星的周邊這種東西——」

「就說妳這樣不行了！」

禮儀禮節之類的念頭都被拋到腦後。我有一種確信，現在不用強烈的說法，對方就聽不進去。

「這個紙箱裡裝的東西對妳來說也許沒用，但對她來說，是非常重要的東西。她覺得重要的東西，為什麼妳可以決定？不只是這個紙箱裡的東西，對她來說最重要的『將來』怎麼選擇，妳都想占為己有。妳是想搶走女兒的人生。」

「你……」對方母親的拳頭用力握緊。她眼角上揚，身體發抖。她生氣是當然的。她被我這麼一個小毛頭，一個陌生人，說她對她親手養大的女兒，「想搶走她的人生」。這是天大的侮辱。

但我不住口。

「妳女兒的人生，就只屬於妳女兒。」

不知不覺間，我胸口發熱。

「這是妳女兒自己才能決定的事情。」

聲音也百感交集似的顫抖。

「妳說我不負責任，可是……」

我呼吸急促，甚至有些難受……

「要讓我來說，『妳也一樣不負責任』。」

「你什麼話不好說，竟然說這種鬼話！你才不負責任——」

「那妳就負得起責任嗎！」

我大吼一聲，對方的臉僵住了。

「如果她！」我指著站在背後的宇野宙海大吼。「如果她，將來照妳的話活下去——照妳的決定，去讀國立大學，考過公務員考試，進了縣府，然後如果她對人生後悔了——妳就負得起這責任嗎！」

「她怎麼可能後悔！公務員是這個國家最穩定的職業啊！為什麼會後悔！」

「穩定又怎樣！」我已經怎麼想都不覺得這是自己說的話了。「不然是怎樣？當上了公務員，就可以拿到『人生重來一次券』嗎？退休的時候會送一台可以讓時光倒流的機器給她嗎？她的人生，妳可以拜託天神讓她重來嗎？公務員是有長生不老的特權嗎？可以時空跳躍嗎？」

「你、你在鬼扯什麼……」

「我才要說妳在鬼扯什麼！人生只有一次！不管是哭，是笑，是後悔得要死，就算等到失去了寶貴的東西，絕望……」我已經連自己都搞不清自己是在說誰了。「自己的人生，只有一次啊……所以非得……自己決定不可……」

「你、你……」

宇野的母親全身發抖，彷彿說不出話來。宇野瞪大眼睛看著我。不知道她是傻眼，還是太震驚而動彈不得。

「會死的。」

——就算還在呼吸，心也已經死了。

「人一定會死。然後，也可能在還活著的時候就死了。要是連最寶貴的東西——連『靈魂』都出賣，那就跟死了沒兩樣。」

——像這樣抹煞自己活下去，比死還要可怕——

「妳現在，就是想殺了妳女兒。」

我正要說下去。

啪一聲劇烈的聲響響起。

臉頰上傳來的火辣衝擊讓我全身撞上鞋櫃，但我並沒倒下。被打巴掌這種事我早有覺悟。只要有覺悟，多少就忍耐得了。

我不去管臉頰上火辣辣的刺痛愈來愈強烈，繼續說：

「請妳答應我。」

我慢慢鞠躬。

「請妳答應我，不要丟掉，妳女兒寶貝的東西。」

我低著頭一心一意地懇求。

「我求求妳。千萬不要丟掉，妳女兒——」

不知道為什麼，一股上衝的熱流直衝到眼瞼……

「寶貝的東西——」

沉默來臨，之後，「平野同學……」我聽見宇野說了這麼一句話。她的嗓音摻著哭腔，和顫抖、擔心受怕，以及嗚咽，混在一起。

「請……」母親也一陣愕然，但還是擠出自己的意思。「請你，回去……」

「妳答應之前，我不會回去。」

「平野同學……」宇野像是精疲力盡，在原地癱坐下來。紙箱擺在她的大腿上，她仰望著我。「我、我……」

我擔心起宇野，想去攙扶，卻在這時被人從旁用力推了一把。當我「啊」的一聲驚呼並失去平衡時，整個人已經跌出玄關外，門在我眼前緊緊關上，上鎖的聲音立刻響起。門即將關上之際，我和宇野對看了一眼。宇野還是在哭。我很想相信她流淚的理由不是出於投降或死心。

「Universe！」

我用力敲門，大喊。

「不要放棄！」

我不管會不會吵到鄰居，放聲大喊。

「不要丟掉！」

我一次又一次持續敲著門。

「妳寶貝的……東西——」

即使說到最後已經帶著哭腔。

「絕對，不要丟掉啊……」

門再也沒打開。

我搖搖晃晃地站起，用袖口擦了擦哭得唏哩嘩啦的臉。

——我是在哭個什麼勁兒啊……

我走出宇野家前院，來到馬路上。

「啊……」大馬路上停著一輛眼熟的紅色汽車，宇野秋櫻靠在引擎蓋上站著。

「啊，秋櫻姊，宇野剛才已經回家——」我一句話還沒說完，秋櫻已經走到我身前，然後輕輕將我擁入懷裡。她用右臂繞住我的頭擁抱我。

「平野同學——」

她以泫然欲泣的聲音對我說：

「謝謝你……」

一想到是不是全都被她聽見了，就突然覺得很難為情，但她仍然繼續擁抱我。

過了好一會兒，她放開手，用手指輕輕擦了擦自己的眼角。

「我送你回去。」

她以和堂妹一模一樣的哭臉微微一笑。

第四章　開戰

1

宇野來上學是發生那種事情的兩天後。

睽違數日後現身於教室的少女對幾位同班同學打完招呼後，來到我桌前。

「平、平野同學……早安。」

宇野有點難為情地對我打招呼。

「早啊。呃～那個……妳後來，還好嗎？」

我吞了吞口水，有種像在聽人發表我有沒有考上的緊張感。

「嗯。」

宇野很有精神地點點頭。

「那個……我鼓起了一點勇氣跟媽媽說說看，說『我還是不想丟掉』。結果媽媽好像也和平常不太一樣，說了類似『只要好好念書，不丟也可以』的話。我嚇了一跳。」

「真的假的……」

安心的感覺滿溢心胸。我靠到椅背上，深深嘆了一口氣。

「對不起喔，讓你擔心了。」宇野直視著我說。「還有，謝謝你……那個時候你這樣護著我，我真的，真的好開心。」

「哪裡……」

——精神上的奴隸。

宇野曾經這麼形容自己，形容服從母親的自己。然而，現在這個少女卻有著非常陽光、豁然開朗的表情。她拿出勇氣斬斷了束縛她的「鎖鍊」，讓她臉上透出一股看得見的自信。

「然後啊，我有點事想找你商量。」

「什麼事？」

「就是啊……」宇野說到這裡壓低聲音，靜靜告訴我想商量的事情。

「選……選秀會！」

「平野同學，你太大聲了！」

被宇野一罵，我立刻說聲「不好意思」就住了口。班上有幾個人朝我們看了一眼，但看到我們安靜下來，就回到朋友群的談話圈子裡。

「可以去走廊一下嗎？」「好啊。」我跟著宇野到走廊上，途中和涼介擦身而過。

「大地同學～你們兩人是要去哪裡啊～～？」「不方便說。」我四兩撥千斤。

我們走過走廊，來到很少人會經過的角落樓梯處。
「真的嗎？」「嗯，我也嚇了一跳。」「你是怎麼說服她的？」「我什麼都沒說。」「呃，可是……」我不敢相信。
宇野的母親，竟然會——
竟然會答應她去參加偶像明星選秀會！
「這是吹什麼風啊？還是說，有什麼內幕嗎？」
我坦白說出自己的疑問，宇野就歪了歪頭說：「嗯～～不知道耶。」她的臉上已經沒有絲毫先前看過的那種悲痛感。
「我鼓起勇氣說了『很多』，結果隔天她就來到我房間說：『如果只是先去參加一次看看，就沒關係。』」
「意思是沒有第二次？」
「這她倒是沒說，只說了下次就等下次再商量。」
「嗯～～」
不知道是心境上有了什麼樣的變化。不丟掉宇野的偶像周邊，和答應讓她去參加偶像明星選秀會，這兩者之間差了很大一截。總覺得反而是我跟不上這個步調。

「全都多虧了平野同學。」宇野又很難為情地說了，然後迅速伸出手握住我的手。

「我要鄭重地說一聲，真的很謝謝你。」

「哪裡……我又沒做什麼……」

我是真心這麼認為。我為了宇野採取行動是事實，但就結果而言，就只是把宇野和她母親的關係搞得一團亂。甚至我回到家後還陷入自我厭惡，覺得免不了不負責任這個指責。竟然對朋友的母親大吼，就算被禁止去她家也是咎由自取。

話雖如此，能保住宇野「重要的東西」還是讓我有幾分自豪。我甚至覺得有那麼點打破了自己的殼。

「然後，既然都已經給你添了麻煩，我有事情想跟你商量。」

「才不會麻煩。什麼事？」

「是關於選秀會……」

宇野說到這裡拿出智慧型手機，用手指操作了幾下。

「就是這個。」

她舉起手機，上面顯示出那個選秀會──「Cyber TV presents（未來型偶像選秀會）－Cydol Project－」的應徵注意事項頁面。

「泳裝審查……」

「不只是這個，還有像是便服審查等等。得拍好符合這些項目要求的照片或影片，透過網路傳給他們。可是我對這種事情沒有自信。」

「上次那種打歌服不行嗎？」

「不要提那個啦～～！」宇野滿臉通紅地大喊。「不是那種衣服，要更貼近生活的感覺……例如影片要拍得像是偶像明星的ＰＶ，照片要像時裝模特兒那樣……」

「哦～～這樣啊？」

她是這麼說，但我又不懂偶像明星的事情。跟我說要有ＰＶ感、時裝感，我也一竅不通。

——慢著。

時裝？

「宇野。」

「什麼事？」

「我想到一個很靠得住的人。啊，當然也要妳不排斥啦……」

於是我提起了一個人的名字。

沒錯，既然說到時裝——

2

「早啊～～」

金髮少女活力充沛地舉起手。

下個星期日，都內一間出租攝影棚裡。

「盛田同學，對不起喔，假日還要妳陪。」

「不會，沒問題。今天我打工沒排班，而且我超喜歡這種事情，又可以試試自己的本領。」

伊萬里開心地微笑，輕輕舉起右臂。

我把宇野要參加選秀會的事向伊萬里一提，她就說務必想試試看，答應幫忙。說要學習時裝，有實際的模特兒在就會湧現更多想像力，而且她從以前就很想試試看這樣的事情，比我意料中更充滿幹勁。然後到了星期日，我們馬上集合。只是因為明天就是收件截止日，也只有今天可以集合。

這是不要緊，只是……

「哎呀～～好期待啊～～Universe的現場換裝～～」

「涼介，為什麼連你也在？」
「是大地同學找我來的。」
「喂，平野，真的嗎？」
「不，我可沒找他，是他自己跟來的。」
「好過分喔，大地同學～～！你說可以拍到玉女的肌膚，我昨天才熬夜念書，把今天的份都看完了耶！」
涼介不知道什麼時候探聽到今天的事，手上已經拿著相機就位。順便說一下，服裝幾乎都是伊萬里準備的，說是她母親有朋友經營精品服飾店，只要是躺在倉庫裡的滯銷存貨，隨她愛借用哪些都行，於是就照伊萬里的品味挑好服裝，然後用快遞整箱寄來。帽子、鞋子、飾品等等的貨色都非常齊全，簡直可以開一個小小的時裝展。而攝影用的器材則有秋櫻幫忙談妥，可說做好了萬全的準備。
「真的很謝謝妳，盛田同學。」
「別客氣別客氣！這些全都免費，而且挑起來超開心的！」
伊萬里笑得豁達。
「那我們馬上開始換裝嘍？笨蛋涼介，你要是敢偷看，我可不會放過你。平野，涼介就麻煩你盯著了。」
「包在我身上。」

「咦，不拍換裝場面嗎！」

「我反而想問你為什麼覺得可以拍。」我一邊應付這個說傻話的損友，一邊跟他一起在攝影棚的椅子坐下，等待兩名少女回來。

過了三十分鐘左右。

「久等了～～」先是伊萬里回到房間，然後又回到門後，聽見這樣一段對話。

「來，過去吧，不要緊啦。」「咦、咦，可是，我、我好難為情……」

又過了幾秒鐘後。

「噔噔～～！」

伊萬里喊出很經典的音效，拉著少女的手走出來。

「喔喔喔！真的假的……！」涼介驚呼著從椅子上站起。

我也瞪大了眼睛。

真的假的……

出現在我們眼前的，是與之前判若兩人的美少女。

平常綁的辮子解開，讓一頭黑色長髮直直放下，眼鏡也拿了下來。臉上似乎由伊萬里幫忙化過妝，臉頰有著淡淡的櫻花色，嘴唇也擦上淡淡的口紅。少女每走一步，白色連身裙裙襬就跟著飄動，感覺就像大戶人家的千金小姐在涼爽的高原上散步。

真是嚇了我一跳……

一個土土的眼鏡少女竟然可以變成這麼亮眼的美少女，讓我掩飾不住震驚。涼介更拿著相機「喀嚓喀嚓」地開始拍照。「很好很好，Universe！來，往這邊看～～」他完全當自己是攝影師了。

「啊，不要，別拍了……」

宇野難為情地紅著臉，想用她白嫩的手遮住臉。

「不行啦，妳是偶像明星，怎麼可以遮住臉呢？」

「可、可是……」

「我說平野，宙海超可愛的吧？」

「嗯，對啊，有夠可愛的。」

我一這麼回答，宇野就更加滿臉通紅。

「妳很棒的～～Universe，要不要再把裙子提起來一點點？」

「啊，不要，山科同學，不要這樣老是從底下拍……」

涼介趴到地上想從刁鑽的角度拍，讓宇野趕緊按住連身裙的裙襬。

「來來來，再整個用力掀開——喔噗！」

變態攝影師被從後面踹了一腳，整個人在地上滾了幾圈。

「駱駝蹄妳幹嘛啦！」

「看你性騷擾得理所當然的樣子！小心我報警啊！還有別叫我駱駝蹄！」

「喂～～我跟你們說，攝影機還在拍啊～～」算是負責拍影片的我維持退開一步的距離提醒他們。但涼介和伊萬里就像演起了夫妻相聲，吵個不停，夾在中間的宇野顯得十分為難，安撫他們：「你們兩位，不要吵架啦。」

攝影會持續進行。

「好的，接著是這個造型～～！」

這次出現的是個穿泳裝的美少女。是相當大膽的白色比基尼，修長的大腿很亮眼。

「等等，盛田同學，這個，布料好少……」

「至少也要搶攻到這程度，不然過不了選秀的啦。」

「Universe，妳棒透啦！啊，可以拉下肩帶嗎？」

「請你不要碰模特兒！」

「碰一下有什麼關係！不然妳代替她讓我碰啊！……啊，別這樣，不要踢，不要踢我重要部位！」

涼介用內八姿勢後退，但仍不停止拍攝。宇野難為情地扭著身子，時而躲在伊萬里背後，時而用雙手遮住胸部和第三點。這樣反而更色更誘人，但她本人並未發現。

「喂，是誰在服裝裡面放了三角運動褲啦！」「喂，涼介。」「慢著，這不是我的！是校刊社的近藤！」「為什麼近藤會有三角運動褲啦！」「沒有啦，是近藤！他說Universe穿深藍色運動褲一定很好看！還說不出版的祕密照片，我開什麼價他都買！」「滾回去！馬上拿這運動褲滾回去！」「這、這樣可以嗎……？」「喂，Universe，不用穿這個。體育服上還寫『宇野』……是妳自己的？」「因為山科同學要我不管怎樣都要帶來。」「還有學校泳裝！」「去死！」「噗啊！」

伊萬里朝涼介的屁股送上一記強烈的正面踢法，可憐的輕浮男就一頭栽到學校泳裝上，滾到了地上。這小子，將來會當醫生沒錯吧……？

穿上三角運動褲的美少女在攝影機的取景框裡看著我……

「真是的！不要連平野同學也在拍啦！」

她難為情地忸怩起來。

○

「真的很謝謝你們大家。不好意思，你們這麼忙還找你們出來。」

宇野很有禮貌地鞠躬道謝。她的頭髮輕柔地垂下，被風吹得光澤流動。

「不會，妳別放在心上！我也玩得超開心的！」伊萬里露出牙齒微微一笑，涼介也著實開心地笑著說：「我看到Universe的現場換裝，也是超興奮的！」

「真是的……就說禁止叫我Universe了啦。」

宇野這麼回話，表情卻非常柔和。

伊萬里要打工，涼介要報名參加補習班，所以回程只有我和宇野兩個人。在夕陽下走在站前的商店街上，身旁的少女一頭黑色直髮，讓我有種像是跟星乃並肩走在街上的錯覺。

「平野同學，今天真的很謝謝你。」

「就說不用再道謝了啦。」

她又說起這句在回程電車上就已經說了很多次的話，我搖了搖手。宇野真的很一板一眼。

「我啊……」

少女看著染成橘紅色的道路遠方，瞇起了眼睛。

「這次，有一件事我稍微懂了。」

「懂了一件事？」

「之前我不也說過嗎？我是『察言觀色族』，老是看著爸媽和老師的臉色，做『朋友外交』。」

這是我以前聽宇野親口說過的話。『看起來我跟誰都可以聊得很好吧？但不是這樣。』『其實不熟，但又不想對立，所以適度地做好「外交」。』她是這麼形容自己的人際關係。

「可是，外交這種事情會很累人吧。」

她微微放慢速度，說道：

「老是顧慮對方心情好不好，不太敢說出真心話。討厭的事情都不敢說討厭，不知不覺間變成讓對方予取予求，自己要顧的事情都不知道跑哪兒去了。」

「也許吧。」

這我也懂。所以我才不想交太多朋友。

「我總算發現了……不只是『朋友』，我對『爸媽』也是在『外交』。」

一陣風吹過，宇野的瀏海撫過她的眼鏡。

「我老是顧著體面，想著要怎樣適度當個乖孩子才不會讓媽媽不高興；想著要怎麼做才能繼續當個模範生。貿然違逆對方就會被強大的力量反擊，所以我想說盡可能乖一點，不要被盯上……這是不折不扣的『外交』吧。」

我點點頭，宇野和我對看了一眼，然後有點難為情似的又面向前方。我們遇到紅燈，一輛機車從面前經過。

「如果是國與國之間的外交，有時候這樣也好。因為要是國與國有爭執，就會引發戰爭。可是如果在自己的人生裡老是做這樣的事情，自我就會不斷流失。到最後，就會連最重要的『寶貝』都丟掉——所以呢……」

她下一句話出乎我的意料。

「『我決定開戰』。」

「──咦？」

突然聽到這聳動的宣言讓我嚇了一跳。宇野要開戰。這個擔任班長，總是負責調停，維持班上和諧的少女說要開戰。

「啊，說是開戰，但不是要用什麼暴力。該怎麼說，在我心中是戰爭，但對正常人來說──大概是叫『面對』吧。用想像圖來說，就是能和對方互相面對面，看著彼此的眼睛，明白地說：『我想這麼做。』或是『我討厭這個那個。』即使會因此造成和對方的關係惡化，或者最壞的情形下，對方再也不理自己，也在所不惜。這就是戰爭。說得更清楚一點，也許是冷戰吧。」

少女用有些興奮的語氣這麼說。她的表情像是在自己的人生裡掌握了某些重要的事物。看起來像是這樣。

「『跟國家不一樣的是，個人是可以進行戰爭的。如果受到攻擊就可以反擊，為了保護自己的心』。」

「宇野……」我心想她變了啊。那個膽小怕事的宇野現在用蘊含了堅定意志的眼神在表達自己的意見。

「我啊，在跟媽媽談偶像周邊的事情時，對媽媽這麼說——如果要丟掉這些，我就跟妳斷絕母女關係。」

「咦咦！」

這讓我嚇了一跳。之前說什麼奴隸啦，服從啦，這次卻擺盪到另一個極端。

簡直是叛亂。

「因為再過三年，我就是成年人。我說不管要打工還是什麼都好，我會離家出走。我不會把住址告訴媽媽，會讓她聯絡不到我。」

太激進了。

「結果媽媽臉色大變，反駁我：『慢著，妳在講什麼鬼話？』所以我就對她一鞠躬並說：『謝謝妳養育我到今天。』然後站起來。換作是國與國的外交，這就是斷交了。結果啊，到了隔天，媽媽就答應讓我去參加選秀會。」

——我鼓起勇氣說了「很多」，結果隔天她就來到我房間說：「如果只是先去參加一次看看，就沒關係。」

原來她上次說的「很多」，竟然是有過這麼劇烈的爭執。

「媽媽很不可思議地問我為什麼我會這麼喜歡偶像，所以我也老實說了。說起BOT啦，星葛真夜啦，還有我小時候在遊樂園看過的表演。我總是聽媽媽的話，也一直有去上才藝班和補習班，但我其實全都不喜歡。這些我也告訴了她。然後我跟她說這樣的我第一次——不是被人要求，是以自己的意志、自己的感情、自己的心意喜歡上的，就是那個時候的偶像明星——星葛真夜。」

少女一說出這個名字，眼神就像星星般閃閃發光。

「那是我這輩子第一次能由衷對一件事投入到忘我。是我，我自己，第一次找到的『寶物』。我就把那些周邊一件一件拿給媽媽看，一點都不隱瞞地把我的心情好好解釋給媽媽聽。結果啊……」宇野彷彿震驚尚未消退似的睜大眼睛。「媽媽說她小時候其實也有過一段嚮往這種事情的時期。媽媽迷的是男偶像，然後就被父親……被我外公禁止這樣的行為，說因為會妨礙課業，又說那個世界很亂。我啊，第一次知道這種事。」

「所以妳們母女其實志同道合？」

「我想是沒到這個地步啦……可是，該怎麼說，我覺得我能夠好好『面對』媽媽了。我也覺得第一次聽到了媽媽的真心話。該說是終於不必外交，不是看氣氛，而是可以互相說真心話嗎……」

宇野說到這裡，懷著確信說道：

「我想原來我需要的不是看『氣氛』，是拿出『勇氣』。」

她的眼神蘊含了一種平靜但強而有力的光。

「妳……」面對這個成長得令我覺得耀眼的女性，我不知道該說什麼才好。之前那麼怕爸媽，甚至說自己是精神奴隸的少女，現在卻堅定地貫徹自己的意志。

——真的好了不起啊……

少女的身影顯得好高大。

燈號變了。

於是她往前走。

「我要過去了——」

彷彿映出她閃亮的未來，在夕陽的照耀下——

「去夢想的舞台。」

她帶著燦爛得耀眼的笑容說了。

隔週，宇野進入選秀會的最終選拔。

3

隔週，我的心情難以言喻。

我走在前往銀河莊的路上，回想今天才剛發生的事。

字。

也就是選秀會的最終預賽結果發表——八名通過選拔者的最後面確實記載著這個名字。

【宇野宙海（17）】×縣月見野市

『唔喔喔喔喔！太棒啦————！』涼介就像自己過關似的擺出握拳姿勢。『好棒好棒好棒！宙海好棒～～！』伊萬里舉起手機大聲歡呼。『好厲害啊，宇野！妳過關到最終選拔了！來，妳看這個！』我也有點興奮地把手機畫面拿給宇野看。『不會吧？你們一定是說好了一起捉弄我吧？』她戰戰兢兢，只睜開一隻眼睛，這才總算看了手機畫面一眼。當她看清楚上頭記載了她的名字，立刻瞪大眼睛，彷彿想把畫面瞪穿似的看了第二次、第三次，然後「啊……」了一聲癱坐在原地。

——不過，還真嚇了我一跳啊……

我一邊走一邊再次看著畫面上顯示的「宇野宙海（17）」這幾個字，仍有難以置信的心情。

只是，也有別的事讓我掛心。

其中之一，就是最終選拔的特別評審。宇野喜歡的偶像「星葛真夜」名列其中，這很好，但旁邊另有一個熟悉的名字——一個我想忘也忘不了的名字。

【六星衛一（Cyber Satellite股份有限公司董事）】。

六星……當我看到這個名字，因為宇野通過預選而高昂的心情就像被潑了一盆冷水。評審是那個六星衛一，戴單眼鏡的小生。

——冷靜。

這是Cyber TV主辦的選秀會，由母公司的董事來當特別評審也沒什麼不自然的。從六星積極上電視來提高曝光率的行動模式來看，在這種由公司企劃的偶像明星公開選秀活動露臉，也屬於怎麼想都覺得他很可能會做的事情。

沒錯，是巧合。巧合……

我試著說服自己，但不好的預感仍沒有平息。宇野好不容易通過了選秀會，等著她的卻是最可疑的評審。為什麼他就是會這樣每次都攔在我們前面呢？

還有一件事讓我掛心。

『我為了支持Universe，打算去註冊Cyber TV的會員！』『啊，我也要～～！』今天涼介和伊萬里都說要去註冊選秀會主辦企業Cyber TV的會員帳號。這是沒關係，但問題在於帳號的認證方式。有「免費會員」和「收費會員」是常有的情形，但還新增了一個「認證會員」的類別。

內容是這樣的。

註冊為認證會員就可以免費觀看收費影片。具體來說，就是Cyber TV以前發布過的幾乎所有影片，裡頭也包含了相當多的電影、電視影集與動畫作品等。這類網站就是得多吸引使用者才能營利，所以這是很常見的情形，問題是在於這「認證方式」。

搞什麼……

我打開認證方式頁面的瞬間，立刻起了雞皮疙瘩。

視網膜認證系統。

視網膜——光是這個字眼就已經像禁句，觸動了我的戒心。這看起來是個用甜美的餌去釣使用者的巧妙圈套。涼介立刻就上鉤。『喔喔，這超猛的啦！不必設密碼，只要用「視網膜認證」註冊帳號，所有收費影片全都免費，而且每個月還可以抽獎耶，獎品包括BOT48的握手券和演唱會門票！』

之前我沒發現，實在是太大意了。真沒想到視網膜APP——不，雖然我也不確定就是同一種東西，但本能仍告訴我。

——六星之所以讓他們買下Jupiter公司……為的就是這個？

我仔細想過，還是沒有確證。眼前我先發了郵件給秋櫻，而她似乎已經留意到這件事本身，說還在調查中。

『先別註冊認證會員，改弄這邊這個收費會員，錢我來出。』『咦？大地同學，你說真的？』『平野好大方喔！』『只到選秀節目結束就是了。』——我這樣說服了涼介與伊萬里。只是認證會員已經超過十萬人，看這樣子還會繼續增加。

——到頭來，視網膜ＡＰＰ到底是什麼……？

每次談到六星衛一的話題，這個ＡＰＰ就會像隨行的衛星一樣浮上台面，就是這種情形擾亂了我的心。宇野通過選拔，以及六星的視網膜ＡＰＰ。好事與危險的事就像月蝕般分分合合，讓我就是有些心神不寧。

想著想著，我抵達了銀河莊。

我想說看看星乃的臉讓自己鎮定下來，於是打起精神，爬上樓梯。當我通過平常的保全認證，進入房間時。

「星乃……？」

室內一向都很暗，但今天更暗。換作平常，房間更裡頭會看得到淡淡的螢幕光，星乃也會像地縛靈似的待在那兒敲打鍵盤，但現在什麼聲響都沒聽見，屋裡靜悄悄的。

我踢開地上的破銅爛鐵，進到房間深處。繞到電腦桌另一頭，看到一頭黑髮披在地上的少女躺在那兒。仔細一聽，可以聽見輕微的鼾聲。

「喂，星乃，會感冒的……」

我想找棉被或毯子幫她蓋。

然而——

這個動作毫無預兆地被中斷了。

「——不要動。」

有個冰冷的東西抵在我的脖子上。

○

——唔！

我一瞬間身體僵硬。這冰冷而堅硬的感覺——是小刀，還是菜刀？總之就是某種金屬製的刀刃——加上這逼人就範的低聲。

這個人是從什麼時候就待在裡面，又到底是怎麼進來的？比起這些疑問，我最先脫口而出的是……

「星乃她……」

「只是用藥讓她睡著。」我立刻得到了回答。聽到這裡，我的視野中映出了放在鍵盤上的便當盒。這炸蝦便當只吃了一口。原因就在這個便當嗎？

聽得出我說話的聲音在發抖。脖子上那把刀的感覺隔著一層皮膚，碰在我的頸動脈上。一種要是現在一跤滑倒就會被割斷頸動脈的感覺。不但動彈不得，還看不見對方，更讓恐懼增幅。

「你、你是誰……？」

「……你要殺人？」

我沒說殺誰，我自己也不知道。是要殺我，還是星乃？又或者兩人都要殺？對拿著凶器的人問這問題是很蠢，但我有種不說話就會被殺的感覺。

「這要看你。」

一開始的震驚漸漸消退後，我開始比較聽得進對方說話的嗓音。

——女的？

對方壓低聲音說話，但音質顯然像是女性，而且還相當年輕。

是什麼人……？

如果一轉身就展開扭打，有沒有機會克敵致勝呢？我懷著有點天真的期望，但我終究是外行人，對於這種時候該如何對應，我毫無頭緒。既然星乃失去了意識，這種時候我的抵抗將為星乃招來什麼樣的後果，不用真的去想像都覺得非常可怕。

這個時候，我的口袋裡傳來聲響。是智慧手機的提示聲。

「開畫面。」「可以嗎？」「快點。」我本以為這種時候對方反而會收走我的手機，沒想到對方下了相反的命令。

我聽從命令，從口袋裡拿出手機，開啟畫面。拿星乃設計的無人機「威利」作為桌布的手機像燈籠般為昏暗的室內帶來了光。

「啊……」

這時我發現了。

手機畫面上顯示出一個ＡＰＰ。我明明不記得有安裝過，但確實顯示在畫面上。

我不由自主地喃喃自語。

「視網膜，ＡＰＰ……」

「啟動它。」

「為什麼？」

「不准問問題。」刀刃又用力抵在脖子上。我無權拒絕。只是，我現在說什麼也不能聽從對方的命令。一旦動用這來路不明的ＡＰＰ，可能就會發生某種無可挽回的事情——我明確有了這樣的預感。

「快點。」

「…………」這個時候，我拿著手機之餘，一個想法從腦海中閃現。

那是我之前聽宇野秋櫻若無其事說起的一句話。

——我沒想到對方會用手機的「自拍功能」來查看身後。這可真是上了一課啊，啊哈哈。

自拍……

我佯裝聽從對方的命令，悄悄將手機往前舉。我不讓對方看見，先切換一次畫面，按下位於左下的相機圖示。切換視角，畫面上映出我的臉。國內幾乎所有手機都內建了自拍功能，我拿這個功能當鏡子用，偷偷窺看身後。由於我同時還將手機朝臉拿近，對方並沒有起疑的跡象。

是什麼人……？

手機畫面越過我的肩膀，映出了對方的身體。先是有著朦朧光澤的凶器——多半是折疊式小刀——握著小刀的白嫩手掌；苗條的手臂。以女性來說個子相當小，從肩膀的位置來判斷，比星乃還嬌小。由於室內太昏暗以及相機角度的問題，讓我看不到對方的臉孔。

然而，下一瞬間。

不知道是雲層飄開還是過了夠久的時間，月光從窗簾的縫隙間微微照了進來。當對方的臉孔被淡淡的月光照出時……

「……！」

我的手機脫手了。手機在桌上彈跳，滾到我腳邊。

這……啥？

我方寸大亂。現在，畫面上映到的人。

不可能。

沒有道理會這樣。

「啊、啊……」我太過震驚，驚呼出聲。不知道對方是察覺我的異狀，又或者是從一開始就知道會這樣，故意放我自己行動。

脖子上冰冷的感覺迅速離開，接著聽得出對方小聲嘆了一口氣。

我就像把這當成了信號。

我慢慢轉過身去。從對方什麼話也不說這點看來，這種行為是得到允許的，而且對我而言，這也是面對真相的行為。

站在那兒的——

「其實我本來不想動粗的。」她說話的嗓音美妙地振動了空氣。「可是沒辦法。」

「唔、啊……」

「你總算發現了呢——」

少女以銀鈴般的美妙嗓音宣告。

「——『學長』？」

站在那兒的，是個十二歲的少女。

惑井葉月。

「妳……怎麼會？」「學長還不懂嗎？」少女仍挺出那把被月光照亮的凶器，柔和地微微一笑。她的眼神有著妖異的光芒，不知道是不是因為月光的角度，看起來瞳孔放大了。那是一種我從未見過的表情。

「為什麼，妳……小刀……星乃她——」我腦子一團亂，連問題都問不好。

「學長從以前就很遲鈍呢，就連這種時候都一樣。」

少女以銀鈴般的美麗音色這麼說完，感慨萬千地瞇起眼睛，告知更進一步的真相。

「真的，真的，好漫長……」

「……咦？」

「對我來說，等待這場重逢的過程漫長得像是永恆——但是對學長而言，卻只是一、二、三……只是四個月前的事情吧。」

用沒拿刀的手掐指細數的模樣，簡直和平常的葉月一模一樣。

「啊，對喔，我應該這麼說吧。」

接著葉月歪起嘴脣，微微一笑。

「惑井葉月是Space Write過來的——『從未來的世界』。」

【recollection】

學長發出平靜的打呼聲沉睡。

從他那死了一般的安祥睡臉看不出他是正作著美夢，還是停止了思考。唯一可以確定的事，就是學長的眼裡還是一樣沒有我。

學長昏倒已經過了十年。

那一天——銀河莊開始進行拆除，學長動粗抗拒的那一天；媽媽打了學長的那一天；我抓著學長不放，對他表白心意的那一天；下著雨的那一天，學長倒在銀河莊二〇一號室門前。學長右眼流血，被救護車送去醫院。然後學長那一天，隔天，再隔天，都沒醒來。

醫院做了精密檢查，但查不出病因。醫師不負責任地宣告不知道學長何時會醒，也不知道他會不會醒。學長只靠點滴的營養存活，日漸消瘦，但心臟還是勉強繼續跳動，維繫住生命。

我每天握著學長的手，持續呼喚他。學長不回答我，也不睜開眼睛。但是，為了因應學長醒來時的需要，我接受物理治療師的指導，幫學長做手腳的復健。因為要是放著不管，關節就會僵硬而無法活動。我每天持之以恆來病房看護學長。

看護期間，發生了各式各樣的事情。

首先，是母親惑井真理亞過世。原因是駕駛汽車時出了車禍。她和偏離車道的對向來車對撞，是一場構圖單純但無從迴避的車禍。當她被送到醫院時，已經斷了氣。我辦了母親的葬禮，然後又回去看護學長。我重要的人，已經只剩學長一個。

這一天突然來了。

有一天，學長毫無預兆地斷了氣。我覺得學長有那麼一瞬間發出嗚的一聲，然後呼吸就停了。我趕緊按下護士鈴，找來了醫生，但沒能趕上。

於是學長死了。我在葬儀社看著禮儀師幫閉著眼睛的學長遺體化妝，泣不成聲。

一直到最後，學長的眼裡終究沒有我。

葬禮結束，學長的骨灰送入墓中，就再也沒有事情可做了。我沒有任何猶豫，也毫不遲疑，決定一死。長達十年的看護與照護，讓我不知不覺間頭髮全白，並不是遺傳自母親的銀髮。照鏡子一看，憔悴的臉頰與骨瘦如材的身體，呈現出的就只是個老得比人快的女人模樣。

我正在家茫然想著該怎麼死才好，就聽到玄關的門鈴響了。

「——請問是哪位？」

我打開門一看，門外站著一個陌生的人物。是一名年輕美麗的女性。

「請問您是否想過要讓人生重來呢？」

她露出格外親暱的笑容這麼說。這名女性總讓我覺得有種懷念的，很不可思議的感覺。

成了空殼子的我轉眼間就受到她的話吸引。

「來，要做選擇的人是妳。」

在她的促使下，我聽她的話，做了「那件事」。

於是我——

穿越到了過去的世界。

【2017】

惑井葉月靜靜地繼續說著她的故事。

當她說完這一切，已經不再舉著刀。

「妳說妳Space Write……」我嗓音顫抖。「是、是從幾時開始？」

「就在上次，我在銀河莊門前昏倒的時候。當時學長幫我叫了救護車送醫。」

「啊……」

我想起來了。之前葉月的確曾經在銀河莊二〇一號室前昏倒過。原來那是透過對講機——透過Space Writer穿越到過去時的副作用嗎？

「——學長。」

她有著十二歲的外貌，不知到底幾歲的內涵，但她仍以和二十歲時沒兩樣的那種銀鈴般的優美嗓音宣告：

「我們一起回去吧？」

「……回去？」

「回到未來。」葉月說下去。「我們一起回到二〇二五年的未來吧。」

「這種事——」

「辦得到。」

少女靜靜地斷定。

「只要用這個APP，學長就能回到二〇二五年的未來，回到下雨的那天。」

我想起來了。我用Space Writer前往星乃所在時代的那一天，也就是我揮開了挽留我的葉月伸出來的手那天。

驚愕讓我的思考無法運轉，我說出了疑念來爭取時間。

「妳是怎麼來的？Space Writer的電池應該已經沒電了。」

「多虧了某位人士。」

「是誰？」

「我說出來，等於是殺學長。」殺這個字她說得輕描淡寫。葉月到底有多認真？我很希望這只是惡作劇，但狀況全都指向壞的方向。「來，學長，用APP吧。」

「唔……」

「不用擔心，沒有任何事情需要害怕。在那個世界，有『我』等著學長。」

葉月一再催促，但我當然無法回答。回到二〇二五年？即使真的能夠回去，我也不可能什麼都還沒做到就把星乃留在這個世界，自己離開。

沉默持續了一會兒。

忽然發出斷的一聲輕響。聽得出是葉月吸了一口氣。

「……我就只是，想要學長的回答。」

她靜靜地提出條件。

「我就等學長一下下。請學長好好捫心自問，然後告訴我答案。在這之前，星乃姊就是我的人質。」

「人質?」

我反問這句話。星乃就在我眼前,睡得很香甜。

「這話怎麼說?」「就是字面上的意思。」「星乃人在家裡啊。」「是啊。」「那為什麼會是人質——」

「因為我隨時殺得了她。」

葉月打斷我的話,這麼宣告。

「因為我隨時都能隨心所欲殺了星乃姊,所以她是人質。」

「隨時都殺得了?我說妳啊,哪有這麼簡單?」

我對殺得了這句話起了反感,稍微加重語氣反駁。

「…………」

葉月盯著我看。昏暗的室內,沉默持續了一會兒,而她就在這陣寂靜之中小聲丟出了這句話。

「『我裝了炸彈』。」

「炸……」

炸彈。聽起來確實是這兩個字。

「就是炸彈。」她說得全不當一回事。「我在銀河莊裝了炸彈，隨時都能隨我的意思引爆。」

「妳、妳說什……」

「學長以為辦不到嗎？因為我是國中生？」

「這……可是──」我說到一半，發現不對。

在我眼前的人並不是國中生。

即使外表是十二歲，內涵卻是成人的人格。

然而就算如此，說炸彈還是太離譜了。這裡是日本，又不是電影裡會出現的那種恐怖分子。理智試圖否定對方那缺乏現實感的話。

「我就知道學長會這麼說。」

葉月撇開視線，看向星乃。她仍然沉睡不醒。

「二〇一八年──也就是明年，有一個名古屋市的大學一年級生，會因為爆裂物管制條例遭到逮捕，學長知道嗎？」

「明年……」

這是只有來自未來的人才可能知道的消息。

「這個學生製造了在巴黎連環恐怖襲擊案裡也有用到的三過氧化三丙酮（TATP）。他供稱炸彈的製造方式是參考網路上與海外的論文，炸彈的原料也是從網路、藥局，還有母校的化學室取得。也就是說，只要有這個意思就做得出來，哪怕只是一介學生，要做一兩個炸彈是辦得到的。」

少女淡淡地說明。到去年還在念國小的這個小小的身軀，現在卻散發著異樣的存在感逼迫我。

「妳、妳是說，妳把這種炸彈裝在星乃的屋裡？」

「我沒必要連炸彈的種類都告訴學長吧？」

「太離譜了，要是做出這種事，妳會被警察——」

就在下一瞬間。

一聲轟隆巨響。

那是一種直貫耳膜的劇烈聲響，起初我還以為是打雷。我反射性地彎腰，閉上眼睛，但幾秒後我睜開眼睛一看，葉月就若無其事地站在原地。

該不會……我用腳撥開破銅爛鐵，走到窗邊。拉開窗簾一看，遠方的天空冒出了黑煙。是車站的方位。即使遠看也能清楚看出一道黑煙隔開了天空，往上竄升。

這時少女開了口。

「眼前我就先炸了派出所。」

她小小的嘴脣間說出不得了的話。

「不、不會吧？」

「學長何不親眼見證呢？」

少女以冰冷的聲調撂下這句話。不是虛張聲勢，也不是玩笑，她的眼神蘊含了堅定的意志。

「請學長照常過日子。如果學長把今天的事情告訴別人，我就立刻『炸死』星乃姊。請學長對警方還有我媽媽都保密。還有，也請不要做其他會令我起疑的行動。如果下次還得不到學長的回答——」

她淡淡地述說危險的內容。

「我會殺了星乃，殺了學長……我自己也會去死。」

我和葉月對看。少女以十二歲的容貌做出毫不留情的脅迫。

接著她又瞇起了眼睛，被淚水沾濕的眼睛映出我，就像曾幾何時的那天一樣——用銀鈴般惹人憐愛的嗓音說了——

「所以我們回去吧，好不好？」

【2017】

【月見野站前發生爆炸　炸毀派出所】東關東報

二十七日下午四點半左右，JR月見野站前發生了爆炸。根據月見野警署的說法，爆炸發生在月見野站前派出所的建築物，在爆炸的同時還發生了火災。根據當地警署說法，發生爆炸時派出所內沒有人在，在附近為民眾指路的兩名員警受到輕微的燒傷。目前尚未有鄰近居民與行人受傷的報告。附近的咖啡店店長說：「突然砰的一聲巨響，不知不覺間，站前竄起了濃密的黑煙，起初還以為是打雷。」為了引導民眾避難，車站的一部分樓梯進行封鎖，現場一時譁然。火勢大約一小時後就被撲滅，但周圍仍籠罩著臭氣與煙霧。警方不排除人為與意外這兩種可能，持續進行調查……

不會吧。

不管讀幾次，這句話一直在我腦海中掠過。

是假的。不可能會發生這種事情。

一個國中女生對警察進行炸彈恐攻。聽起來像是遙遠的國度會發生的事情，讓我一陣暈眩。

這天我連高中也沒去，待在自己家。其實我很想去銀河莊，但我才剛請假不去上學，而且也不知道現在去見星乃會對葉月造成怎樣的刺激。

今天早上的八卦節目也以直昇機轉播了一片焦黑的派出所現況，並打上了「派出所遭爆炸恐攻？」這種聳動的字幕。除了有員警受到輕傷，似乎並沒有其他人員傷亡，但我不知道這點是否符合葉月的計畫。

我看過新聞後放下手機，雙手摀著臉。

——我在銀河莊裝了炸彈，隨時都能隨我的意思引爆。

這不是開玩笑，也不是虛張聲勢。葉月是認真的，這場真切得無以復加的「示範」讓我理解了這一點。

——是我的人質。

實實在在就是如此。葉月隨時都能引爆銀河莊，葬送星乃的性命。派出所燒得焦黑的殘骸，也許就是明天的銀河莊將要走上的下場。一想到這裡，我就有種汗毛直豎的恐懼。

找出炸彈？要如何瞞著葉月找出來？不，炸彈會只有一個嗎？葉月家呢？惑井不動產的物件呢？我家呢？

想得愈多，思考愈是鑽進死胡同。如果是一天兩天，只要有這個意思，應該躲得了。只要趁星乃外出的時候，拉著她的手遠走高飛就行。然而，我怎麼想都不覺得這種事情可以沒完沒了地持續下去。畢竟經濟方面撐不住，而且無論如何都需要她的監護人真理亞諒解。我該怎麼對真理亞解釋才好？說妳的女兒是個炸彈客，所以我們要持續過逃亡生活？

最根本的問題是，為什麼葉月會做出這種事……她大概恨我，大概覺得星乃礙事。可是，只因為這樣，就會做出炸彈恐攻這麼過分的事嗎？

葉月在想什麼？

我毫無頭緒，只能抱住頭，在頭上亂抓一通。

——看著我嘛，大哥哥……

第一輪的世界裡，葉月抓著我哭訴。我揮開她的手，Space Write到了這第二輪的世界。

我當時拋棄了葉月。而葉月追著我，來到了這個世界。

是我害的。這點千真萬確。可是正因為這樣，我該怎麼做才好？事到如今，我該怎麼對葉月道歉？

無可挽回。

我從未如此切身體認到這句話。進行Space Write，讓我再也回不到第一輪的世界。

不，聽葉月的口氣，回去的可能性是有的，但到頭來我也已經無法丟下星乃離開。既然如此，那麼我所做的事情就是拋棄第一輪的世界，讓葉月照顧意識不清的我多年，最後還死掉，只有自己一個人悠哉地讓人生重來，和星乃一起過日子，也和涼介與伊萬里和樂融融地過著高中生活，把葉月的一切「當作不曾發生過」——不折不扣是想把她從歷史中抹滅。

我是個渣男。

爛到令人想吐的渣男。

而我這個渣男之所以是渣男，就在於我直到現在對於葉月的痛苦、悲傷與恨意都一無所知，就來到了這個世界。我萬萬沒想到「第一輪」會變成那樣。我本以為穿越了時空，所以第一輪的世界應該早就被「覆寫」了。

不——

「正是因為這樣」。

我試圖覆寫「第一輪」。這也就等於我試圖將葉月，將捨己為人、純真無邪、不計得失、奉獻無償愛情的葉月——澈底從歷史中抹滅。葉月被我的自私抹滅了，是我把她推進了無底深淵。

萬死難辭其咎，我就是做了這麼過分的事。但我連這都不知道，甚至沒有罪惡感，只想著要讓人生重來。因此產生的反作用力，現在一口氣湧向了我。

以惑井葉月這個形式。

我該以死謝罪嗎？不，這樣不行，我還不能死。在拯救星乃之前，我絕對不能死，也不能回去第一輪的世界。那麼，我能做什麼？

我得不出答案。

我就像個被責罵的小孩，抱著雙腿，為自己犯下的罪行擔心受怕。

【recollection】

「犂小姐……是嗎？」

「是。我是Cyber Satellite公司的犂紫苑。本日突然上門拜訪，非常抱歉。」

這名女性很有禮貌地朝我一鞠躬。

我辦完學長的葬禮，過了一陣子後。

是我正思索著要選什麼樣的自殺方式時，毫無預兆找上門來的訪客。

「請問您是家母認識的人嗎？」

我知道Cyber Satellite公司和ＪＡＸＡ共同開發人造衛星等等的技術，但母親好幾年前就已經過世，事到如今才找上門，的確有些莫名。

而更加重這莫名印象的，就是她戴在右眼的銀框單眼鏡。以跑外務的公司職員會佩帶的飾品而言，實在太過奇特。

「不，我來不是為了令堂——」
女性笑咪咪地露出業務用笑容。
「是為了平野大地先生的事情，有話想跟您談談。」
「學長的……」
是遲來的弔問客嗎？但太空企業會有什麼事要找學長？
我先讓她進客廳，送上茶水，對方就切入正題。
「我今天來，是希望針對平野大地先生在十年前昏倒的原因，跟您談一談。」
「昏倒的原因……？」
這件事至今一直是不解之謎。
十年前一個下雨的日子裡，學長倒在銀河莊二〇一號室的門前。他失去意識，被送到醫院，接受了電腦斷層掃描與核磁共振造影等各式各樣的檢查，但仍查不出原因。不是腦中風，也不是腦震盪，學長就只是一直睡個不停。即使去找腦外科的醫師尋求第二意見、第三意見，得到的結果還是一樣。
「原因是天野河星乃小姐。」
「星乃姊？請問這話怎麼說？」
對我來說，這個名字不管何時聽到，都會讓我心中有種沉重的感覺。
「十年前的某一天——平野大地先生啟動了天野河星乃小姐所設計的一項『發

明』，因此失去了意識。我今天來拜訪，就是來為您說明這項『發明』。」

她這麼一說，啜了一口茶後，說了聲：「好喝……」她整個人往前傾，從套裝胸口露出的白色衣領就突然顯得好尖銳。

她放下茶杯，靜靜地開始述說。

那是一種平靜的驚愕的表述。

「其實──」

事情只說了十分鐘左右。

「…………」

我聽完這些情形後，連話也說不出來。因為實在太荒誕了。

「Space……Writer……？」

「簡單說，就是時光機。」

「…………」

這個人在說什麼？從剛剛就一直講什麼穿越時空，回到過去，說星乃妳還活著。

「說穿了就是這麼回事。他丟下為他盡心盡力十年以上的女友，只有自己回到過去的世界，和前女友重來。這男人好過分耶。」

「請不要說學長的壞話。」

「啊，失禮了，我忍不住說出真心話。但我說的話有錯嗎？妳這十年來，一直看護著昏迷不醒的男友。妳以超出親骨肉的愛照看著平野先生，一直為他做復健、清潔、抽痰等各式各樣的照護工作。還不只這樣，早在平野先生昏倒前，對於處在人生谷底的他，妳都一直鼓勵他，支持他，送吃的喝的給他，為他打掃，還請母親緩收他的房租，極盡所能地持續幫助他。」

「妳怎麼知道？」

「他丟下這樣的妳——不對，不只丟下這麼單純，是『把你們兩人一同度過的歲月當成沒發生過』，從歷史上，從自己的人生中，抹滅了這一切，逃到前女友的身邊。為了在『第二輪』讓人生重來，完全抹滅了『第一輪』的妳。」

「這、這種事情……」

我說話的聲音在發抖。

我的心被這些話一刀刀割開。

「妳可是被他拋棄了，惑井葉月小姐。」

「別說了。」

「不，與其說被拋棄，不如說被他從人生中抹滅了。」

「不要……說了……」

我摀住耳朵。

什麼都不想聽。

什麼都不想知道。

這個人在說謊。說什麼時光機，根本胡說八道，這種東西怎麼可能存在。

「我們差不多該來談正題了。談完之後，要怎麼『選擇』——就由妳來判斷。」

我沒抬頭。

「這隻手機安裝了一種很特別的ＡＰＰ，我們稱之為『視網膜ＡＰＰ』，只要用了這個ＡＰＰ，妳就能回到二〇一七年的世界。」

「妳在說什麼……」

視網膜ＡＰＰ？

「本來只有『Space Writer本體』——銀河莊二〇一號室的對講機，才可以進行Space Write，但這個裝置就能將掃描到的網膜記憶資料傳送到本體。說得簡單點，就是相對於『母機』的『子機』吧。」

「網、網膜記憶？傳送？子機？」

我已經聽不懂對方在說什麼。

但她還是繼續說下去，彷彿嘴脣成了獨立的機械一樣說個不停。

「而少數在二〇一七年的時間點就在這『母機』上留有視網膜掃描記憶的人，就是惑井葉月小姐妳了。能夠回到二〇一七年的人真的很少，所以妳是被選上的人。」

「…………」

我不相信這種胡說八道。這是騙人的，想也知道。

「只要用這個回到二〇一七年的世界，妳就能作為十二歲的惑井葉月行動。然後，我們會將『視網膜APP』傳到妳十二歲當時擁有的智慧型手機，妳要用它把平野大地帶回這個世界。來──」

她更加往前遞出的手機進入低頭不語的我的視野當中。

畫面上顯示著一個圓形的框，上面照出了我的右眼。眼睛很紅，充血。

「要做選擇的人是妳。」

「……請妳回去。」

我頂多只說得出這句話。

「現在立刻回去。」

「……這隻手機送給妳。」

女性站起來，最後留下這麼一番話：

「相信現在平野大地正和天野河星乃一起幸福洋溢地享受他的第二次人生吧～把妳忘得乾乾淨淨。」

「請妳別再說了。」

「他們兩人遲早會結婚，相愛，生下小孩，每天都過得很快樂吧。相較之下，妳今後則會獨自寂寞地漸漸年老，死去。可是平野大地早就忘了妳，在另一個世界過得幸福洋溢。他身邊有天野河星乃，把本來該是妳的位子、該由妳享受的幸福全都搶走了，而且還不知道那些都是從妳手上搶走的。哎呀呀～～妳真是個大好人呢，也就是所謂好打發的女人？」

「…………！」

我一句話哽在喉頭，發不出聲音，只能卯足全力瞪著對方。

對方的白銀單眼鏡亮出反光。

「這個APP會在二十四小時後刪除。相信我們再也不會見面了吧……那麼我告辭了。」

於是她離開了。

只有一支手機留在我眼前。

她臨走之際說的話一次又一次迴盪在我腦海中。

——相信現在平野大地正和天野河星乃——

我的拳頭在大腿上用力握緊。

——他們兩人遲早會結婚，相愛，生下小孩——

牙關咬得格格作響。

——妳今後則會獨自寂寞地漸漸年老，死去——

就只是好悲傷。

——可是平野大地早就忘了妳，在另一個世界過得幸福洋溢——

眼淚沿著臉頰流下。

——他身邊有天野河星乃——

那個女人……

——該由妳享受的幸福——

把一切都……

——也就是所謂好打發的女人？

「啊哈……」

總覺得，突然愈想愈滑稽。

「啊哈，啊哈哈哈……」

好久沒聽見自己的笑聲，聽起來好乾澀，太久沒有笑，肺好痛。

「呵呵……啊哈哈，呵呵，啊哈哈哈哈哈哈哈。」

我心中有個東西眼看就要斷線。

我笑個不停。

手機的畫面一直映出這樣的我，而這個頭上有著白髮，令人毛骨悚然的女子一直在看著我。

【2017】

「我做了便當來，學長要不要一起吃？」

這天也是我請假沒去上學，葉月下午就跑來了。她手上抱著看起來很重的包裹，解開來一看，裡面是三層的飯盒。我想起了在Space Write之前的世界，葉月交給我的便當，陷入一種覺得連便當都Space Write過來的錯覺。

「學長，啊～」

「葉、葉月。」

「啊～」

不知道她在想什麼，用筷子夾起炸蝦遞給我。我不得已，只好乖乖吃，但莫名有種被人將槍管塞進嘴裡的感覺，噎到兩三次。這炸蝦想必炸得非常好又高雅吧，但我實在沒有心思去品嚐滋味。

「學長不吃了嗎？」

葉月看著飯盒裡還剩一半以上的飯菜，端莊地微微一笑。我們並肩坐在餐桌前，兩個人吃同一個便當。換作不久前，這也許是我和葉月之間的日常光景，但現在光是待在同一個空間都會讓我滿心只有恐懼與緊張。

「在那之後，我學了很多很多廚藝呢。」葉月始終只說日常的談話，真不知道她心裡到底在想什麼。「我努力學怎麼把炸蝦炸得好吃。」

「…………」

「我明天還會來。」

「葉月。」

我總算擠出聲音。

「炸彈——」

這一瞬間，少女瞇起了眼睛。隱藏在微笑當中的惡意，在突然變低的聲調中顯現出來。

「學長不用擔心，因為現在我還不會引爆。只是——」

她看著我並叮囑：

「請學長絕對不要去找喔。」

她笑著說下去：

「啊，順便跟學長說，這個時代的『Space Writer』還沒完成，所以去試也是白搭，而且根本就還沒有迅子(Tachyon)電池。還有『視網膜APP』也一樣，學長已經無法再讓過去重來了。所以除了和我回去未來，學長沒有別條路可走。」

葉月說完，夾起了飯盒裡的飯菜……

「來，啊～～」

不知道她是開玩笑，還是認真的。

當她面帶笑容朝我遞出最後一隻炸蝦時。

門鈴響了。

「有、有客人來了，我去應門。」

我逃跑似的站起來，下了樓梯。哪怕只是稍微遠離也好，我就是想逃出這個令我窒息的空間。

——啊。

打開玄關一看，金髮少女就站在門外。

「啊，平野，對不起喔，突然找上門。你都不回FINE訊息，我就跑來了。」

盛田伊萬里微微臉紅，靦腆忸怩。我有一陣子沒去上學，所以已經好久不見。

「你是怎麼啦？最近都不來上學，也不聯絡。是得了流感嗎？」

「啊，沒有……身體有點，那個，不舒服。」

我不及細想，隨口敷衍。

「這樣啊。有好好吃飯嗎？」

「咦，還好啦……」

「如果不介意，這個給你。」

伊萬里在手上提的紙袋裡翻找一陣，拿出一個小小的盒子。

「瓦特佐伊的三明治和鬆餅。這是我做的，所以，呃，外觀有點那個，但調味是店長親自傳授，可以掛保證。不介意的話你拿去吃吧。」

「伊萬里……」

一瞬間，我想把一切都告訴伊萬里。如果找伊萬里和涼介商量，向他們求救，他們會不會又像以前那樣幫助我呢？就算現在不行，明天在學校——

就在這個時候。

「啊……原來妳在啊。」

伊萬里的表情一沉。

……？

回頭一看，葉月就站在我身後。我還來不及想她是何時來的，少女就穿上鞋，站到我身前說：

「請問妳來做什麼？」

她以一種平靜，但明白透出不悅的聲調問起。

「又不是來找妳這小不點的。」伊萬里也不示弱，回得很倔。「我來找平野。」

「大哥哥現在身體不舒服，在休息。有我看護他就好，妳請回吧。」

「這件事輪不到妳來決定吧？」

「盛田伊萬里。」

葉月突然聲調轉為低沉。

「妳愛學長嗎？」

「……啥！」

這一問來得突兀，讓伊萬里發出訝異已極的驚呼。

「妳是愛著學長，有一輩子愛到底的覺悟，才像這樣接近學長的嗎？」

「等等，咦？妳在說什麼鬼話？」

「妳明明有山科涼介這個伴侶，請不要對我的學長下手。」

「怎樣啦，現在這些跟涼介無關吧？」

「他適合妳。」

「現在是怎樣，妳這話是什麼意思？」

「妳長得漂亮又有才能，和醫師結婚，將來的成功也得到保障，妳還要什麼？妳這女人真貪心。」

「妳是在找我吵架嗎？」

「我只是說出事實——再見。」

葉月說完就要強行關上門。

但伊萬里也緊咬不放。

「妳給我等等！」

她抓住門把，不讓葉月關門。

「我是帶吃的來給平野！平野，這女生是怎樣？她今天是不是比平常更離譜？」

金髮少女隔著變窄的門縫，把話題扯到我身上。換作平常，我會安撫葉月，但現在情形不同。

「這……」我窺看葉月。但她瞪著伊萬里，沒有要讓開的跡象。

「不好意思啊，伊萬里，我今天有點不方便……」

「啊，果然是身體不舒服？」

「抱歉。這個，我晚點會吃。」

我隔著葉月的頭，收下了三明治的盒子，伊萬里就道歉：「這樣啊。不好意思啊，你不舒服的時候來打擾。」

「不會啦，妳來我很高興。FINE訊息，我晚點會回。」

「嗯，但是不要勉強自己喔。」

伊萬里這麼說完，最後吐了吐舌頭。我不知道葉月是以什麼樣的表情回瞪她。

「那我走啦，平野！我會再帶吃的東西來給你！晚上你睡覺要蓋暖一點喔！」

伊萬里揮揮手，回頭走遠。

門關上了。不知不覺間，我整個背都被汗水弄濕了。

「學長——」

葉月轉過頭來看著我。

「是怎麼看待那女人的？」

「什麼怎麼看待……」

我不知道怎麼回答才是正確答案。少女的視線刺在我身上，我窮於回答。

「也、也沒怎麼看待啊，就是普通的同班同學。」

「…………」

葉月盯著我看。

「是這樣嗎？我明白了。」

葉月微微點頭。

她停止追究，讓我一瞬間想鬆一口氣。

然而……

「那——」

她說到這裡，一把抓住我手上的盒子。

「這個丟掉也沒關係吧？」

「喂、喂。」

她抓住裝著三明治的盒子後，大步走遠，突然就把盒子往廚房的垃圾桶砸進去。

「笨蛋，妳、妳做什麼啦！」

我從垃圾桶拿出裝三明治的盒子。盒子只是凹了一角，裡頭的東西倒還完好。

「那是垃圾。」

「才不是垃圾。」

「學長又要這樣翻垃圾來吃了是吧，就和之前一樣。」

「沒有這種事……」我想起了「第一輪」的自己。想起我無業，身無分文，翻垃圾想找東西吃的事實。

「真正的學長，不是這樣。」

她正視我，吟詩般慢慢宣告。

「真正的學長，會翻垃圾吃，對將來悲觀，沒有工作，沒有存款，什麼都沒有，嫉妒當上醫師的老朋友，在同學會鬧事，酗酒，玩手機遊戲吃光存款的人生的落第生。」

「唔……！」

現在這個時代裡，這是只有葉月才知道的事實。

「這個落第生，得意地教將來會當上醫師的朋友功課。」

她朝我進逼一步。

「讓將來會成為知名設計師的女性送吃的來探望。」

我被震懾住而後退。

「被將來會在縣府上班的菁英少女依靠、感謝。」

葉月嘴脣一歪。

「重來真好啊。畢竟像學長這樣的渣男，卻能成為這些將來有望的菁英人士心目中的英雄。」

「唔唔……」

我摀住耳朵，無話可答。這是我留在歷史後頭的真相。

「重來這種事，真的是作弊耶。不管是什麼樣的失敗，都可以當作沒發生過。學長應該知道吧，二〇一八年，接連有報導揭穿醫學系入學考的舞弊案。」

那是明年——一年後的未來會發生的事情。某校醫學系的入學考，女性考生的分數被不當「調」低的案子。

「那真的好過分耶。明明達到合格標準，卻在自己不知不覺間被大幅扣分，反而是分數低的人合格。學長做的事情，可是比那個更過分喔。」

葉月滔滔不絕地談論。

「那就像是因為自己入學考不合格，就讓整個考試重來。其他人都努力考上，但就因為自己失敗了，就只有自己重來。也就是說，努力考上的人原本會有的未來全都被丟進了垃圾桶。這就是學長的所作所為。不對，還不只這樣──」

審判還在繼續。我已經摀住耳朵，但她說話的聲音就像蟲子似的侵入耳朵。她那美麗而令人憐惜的嗓音就像在我耳邊輕聲細語。

「如果說人生是考驗，學長就是將全地球七十億人的人生全都否定了，從歷史上抹滅了。歷史上無論多卑鄙的獨裁者都辦不到的暴行，學長卻辦到了。學長把七十億人的人生給否定了──化為烏有了。」

喉嚨發出咻一聲沒出息的聲響。我蹲了下去。

「『學長，機會難得，我就告訴你吧？人生啊，是不能重來的。就算穿越時空，就算去到遙遠的異國，就算去到異世界──人生這種事都沒辦法真正重來。學長明白嗎？所謂的人生，就是過去啊，學長』。誰也沒辦法抹滅過去的人生，絕對沒辦法把已經過去的時間倒轉。可是學長卻做出這種事，就只為了讓自己得救，做出這樣的事。」

我摀住耳朵。葉月所說的話不斷毆打我的頭蓋骨。

「我來告訴學長你之所以失敗的理由吧。」

嗚嗚。

「理由很單純──」

她的脣間毫不留情地刺中我的心臟。

「『因為學長只想到自己』。」

那是存在於我心中的人格本質。

「自己的人生、自己的幸福、自己的將來——學長就是像這樣，只想著自己，才能若無其事地踐踏別人的人生，甚至感受不到痛苦。學長之所以來救星乃姊，也是因為自己想幸福，只是因為想讓自己一個人得救。所以，這不是為了星乃姊，如果有人可以代替星乃姊，不是她也行。」

不只是第一輪，第二輪的人生也遭到否定。這就是我全部的存在意義。

「學長太小看人生了。任何人，每一個人，都有自己的意志，有個性，走在不可能換掉的人生。不是只有自己，每個人都是這樣。學長到了這個年紀都沒能發現這一點。學長聽過去中心化嗎？就是小孩子那種幼兒式的萬能感，以自己為中心的世界觀，對，就是學長以前教過我的天動說啊，就像那樣，覺得地球是中心，世界以自己為中心繞著轉，然後經過哥白尼式的顛覆，才發現自己不是中心。透過發現地動說，知道不是世界以自己為中心繞著自己轉，是世界與自己獨立在轉動。人就是要這樣踏出成為大人的一步。這種事情，連小學生都懂耶，至少都懂世界的中心不是自己這種事情。可是學長卻想以自己為中心來轉動世界，然後把時間的齒輪倒轉。結果——」

被挖出來的心臟被她審判的話語一刀刀割開。

「被這齒輪輾死的，就是我。」

「對……」我癱倒在地，脫口而出。「對不起……」

「學長以為道歉就能得到原諒嗎？畢竟學長可是做了沒辦法挽回的事情耶。」

「嗚嗚……」

「學長真是個渣男。」

葉月低頭看著我，在原地坐了下來。然後就像對待幼童那般，讓彼此視線的高度對上，接著用兩隻手抓住我遮臉的雙手，要撬開這防禦似的扳開。

「可是啊，不要緊的。」

葉月的聲調突然轉為溫和。

簡直像在安撫小孩子。

「無論學長是多麼差勁的渣男，只有我，不會拋棄學長。無論學長墮落到什麼地步，我都會陪學長一起墮落。所以啊，學長，你只要有我就不要緊。無論學長是多麼差勁的渣男，多麼愚昧，多麼幼稚，全部，全～部都有我照應著。所以——」

她說到這裡，再度從我手上一把搶走裝三明治的盒子。

「學長只要吃我做的飯就好喔。」

「啊……」

她打開盒蓋，整個盒子一倒，把裡頭的東西全都倒進裝廚餘的垃圾桶。

「來，學長，我們來吃剩下的炸蝦吧。」

葉月這麼說完，嘴唇一歪，抓起了我的手。

我沒辦法揮開她的手。

4

於是我淪陷了。

「那麼，我明天還會再來。」

葉月笑著這麼宣告，走出門。葉月每天來我家，為我送飯。她的表情十分純真，但正因為太天真無邪，反而更增添我的恐懼。

我受到了支配。我對葉月沒有任何能夠抗辯的材料。我否定了、抹滅了她的人生，沒有任何話語可以反駁她。

銀河莊被她裝設炸彈已經過了一週，我知道破局的日子近了。可是，我沒有任何手段能打破僵局。

伊萬里與涼介好幾次打我的手機，提議要來探望我，但我對他們說了謊：「抱歉，我起床都覺得累，你們還是別來了」。我很想見他們兩個，但又萬萬不想把他們兩個牽連進來。

——為什麼事情會弄成這樣……

我嘴裡充滿了葉月剛餵我吃的便當炸蝦氣味。聞著從鼻孔竄出的這種氣味，就突然覺得想吐，喉頭都酸了起來。我勉強按捺住從胃裡上衝的東西，把這些都推回胃裡。嘔吐的氣味讓我嘴裡的味道變很差，於是我到廚房把水灌進喉嚨，但鼻子裡沾到的氣味並未消失。

我嗅著衝鼻的異味，讓我想起了從前。說是從前，其實也是未來的事，是我二十五歲從垃圾堆裡翻東西吃，倒在嘔吐物中的日子。我待在星乃已經不在的房間，獨自對人生嘆氣，卻又不做任何努力，也不去就業，在便宜公寓裡過著每天喝得爛醉的日子。我想起那個渣男的自己，對於現在也沒什麼兩樣的事實產生了一種無以言喻的嫌惡感。

當時我逃避了。我處在人生的最低潮，一切都爛透了，我又無能為力，於是逃避到夢裡。然而現在的我不能這樣，我非得救星乃不可。然而我不知道該怎麼做才好。葉月隨時都在監視我，最重要的是，我對葉月犯下的「罪行」——我把她丟在未來不管，連那個她的存在都想從歷史中抹滅，我不知道這種罪要如何去清償。

正當我被絕望打垮，抱頭苦思時。

門鈴響了。

我全身一顫。最近我一直是這樣，一想到是不是葉月又跑來，就不想去應門，但我知道不能不去。我下了樓梯，看了對講機的螢幕，結果看到的是……

——咦？

『啊，抱歉，我來得這麼突然……』

一名黑髮眼鏡少女有點緊張地站在那兒。

「Universe……」

○

讓她進門或許不太妙？

我還站在玄關口震驚，媽媽就說：「哎呀～朋友來找你啊～～？快請人家進來啊。」於是就笑咪咪地放她進來了。接著媽媽端了點心與紅茶放到茶几上，我們就隔著茶几面對面坐著。

我想起了葉月，但事到如今也不能趕她回去。而且我不但好幾次拜訪過宇野家，還有跟她母親吵過的前科，當然無法拒絕。

「哇～～這裡就是平野同學的房間啊……我進來，沒關係嗎？」

「嗯、嗯……」

我聲音沙啞。
我想到無論如何還是盡快讓她回去比較好。要是葉月來了，我不知道該如何辯解。
「平野同學你請假不上學已經一週了，我知道你是生病，可是……還是會擔心。」
「這樣啊……」
我只能隨口應聲。
她啜了一口紅茶，說了聲「好喝」。現在她不是綁常綁的辮子髮型，把一頭長髮放下來，綁在身後。
「啊，選秀會不就是明天嗎？」
我嗓音含糊，但還是問了想起的事情。
「嗯，是明天。是現場直播，會緊張耶。」
「……也對啊。」
那個叫「Cydol Project」的選秀節目明天下午就要播了。參賽者的介紹PV已經上傳到網路，每個參賽者也都得到了許多事前投票與留言。宇野的PV就有人加上了「眼鏡」、「班長路線」、「清純系」等等的標籤，「低調可愛」、「BOT的完美重現超猛的」之類的反應也絕不算差。各參賽者PV的播放次數不相上下，感覺一切就要在明天的正式節目裡分個高下——聽宇野親口這樣說明，我只能點點頭說：「是嗎？」不好意思，我現在沒有心思去管選秀會。

「準備……都做好了嗎？」

我為了延續對話，靠慣性問出問題。

「嗯。課題曲和自選曲各要唱一首，不過我覺得大概應付得了。畢竟課題曲是BOT的曲子，自選曲我打算唱星葛真夜最近的暢銷曲。」

「是嗎？要加油啊。」

「謝謝你。」

我鼓勵宇野之餘，發現自己的話裡就是少了些真心。現在我沒有餘力去擔心別人。為什麼宇野會來呢？她自己明明也要忙著準備明天的選秀……我正想到這裡，她就自己說出了答案。

「跟你說喔，我啊，今天會來見你……是因為——」宇野吞吞吐吐了一會兒，然後有點過意不去似的說：「我有點，擔心。」

「…………」

「你一直請假，雖然聽說你是生病，但我就是覺得有點不對勁……」

被她看穿生病是假的，讓我內心一陣慌亂，不知道該怎麼回答才好。

「所以，我想說如果你有什麼煩惱，不知道我能不能陪你商量。畢竟我在志願這件事上已經承蒙你大力幫忙，也給你添了麻煩。」

「哪裡……」

情緒性地吼宇野的母親，做出失禮行為的人是我。被她感謝，讓我覺得很奇怪。

我一瞬間有話想說，但話卡在喉頭，說不出口。我不能把宇野牽連進來。

「我會幫助你的。」

「…………」

我什麼話都說不出來，宇野就有點顧慮地聳聳肩，忸怩地動著手指。

「對了，這個。」

她像要填補談話的空檔，從包包裡拿出一個細長的信封。

「這是明天的票，如果不嫌棄……」

拿出信封裡的東西一看，是兩張演唱會的票。設計十分時髦的「Cydol Project」LOGO下方蓋著相關人士／非賣品的章。地點是在Cyber Satellite總公司大樓屋頂，是因為那兒有選秀會的專設會場。

「這個，只要在相關人士入口出示就可以過去。我們家媽媽跟爸爸都不會來，所以有剩下，還有，那個……我特別希望平野同學，可以來看……」

宇野始終低著頭，最後幾句話說得特別小聲。她臉頰發紅，像要掩飾般喝著紅茶。

「……能去的話，我會去。」

我覺得當場拒絕實在不好意思，於是含糊地回答。

「嗯，我等你。照排定的過程來推算，我的上場時間大概會從下午兩點五十分左右開始。課題曲和自選曲加起來，十五分鐘左右吧。」

少女仍然難為情地微微一笑。

「跟你說喔——」

她拉起視線。

「有一件事，我無論如何都想在選秀會前先告訴平野同學。」

「什麼事啊？這麼鄭重。」

宇野的表情太正經，讓我有點不敢聽。

「我啊，差點就要做出無可挽回的事了。」

——畢竟學長可是做了沒辦法挽回的事情耶。

我隱約想起葉月那句話，胸口一陣痛。我做出了無可挽回的事情，把大家的人生從歷史上抹滅了。

「要是我就那樣聽爸媽的話決定人生……我想我一定會後悔。乍看之下，是可以過著『穩定』的人生，看在旁人眼裡顯得很牢靠，退休生活也不用擔心……即使能夠度過這樣的人生，到了最後關頭，人生要落幕的時候，我想我一定會後悔。會覺得：啊～為什麼我那個時候沒有照自己的意思活呢？我真是個膽小鬼。」

那是以前伊萬里也說過的話。『我那個時候為什麼會放棄夢想呢？我真笨。』

宇野說到這裡……

「謝謝你，平野同學。」

她對我低下頭。

——咦？

「我啊，被平野同學拯救了。多虧平野同學，讓我覺得找回了人生。」

「啊、啊……」

我說不出話來。

然而，一股熱流直往上衝。這種感情是什麼？我這個自私、把許多人的人生抹滅的渣男，做出了不管怎麼反省、道歉都無可挽回的事情，即使如此，這裡還是有……唯一一個人——

「平野同學，你救了我。」

不對。

宇野會錯意了，我沒救任何人。就只是宇野靠著自己的努力，救了自己。

「那個時候，平野同學幫我反駁媽媽，我真的好高興，覺得胸口……一陣溫暖。是平野同學——」

她手按著胸口。

「保護了我的寶貝。」

——即使是這樣的我……

我用力忍住眼淚。此時此地，我不能哭。

——也成功拯救了……一個人。

「我很慶幸，認識平野同學。」

沒白費。我所做的事情的確很愚昧、很渣，又無可挽回。但就算這樣，在這裡得救了。

不是宇野得救。

是我，被宇野的話拯救了。

而我——

總算想起了自己該做的事。沒錯，我是來這裡做什麼的……

——救、救、我。

我是來救她的。我是為了救她才來的。哪怕要逆轉歷史的齒輪，我也要救她——

「宇野——」我總算說出話。「我……沒有救妳。我——」

就在這個時候。

我倒抽一口氣。

宇野背後的門。有人從門縫看過來。一個嬌小的黑髮少女。

惑井葉月，就躲在門後。

唔……

我當場僵住。她是從什麼時候開始在場的？是怎麼進來的？葉月一直從門縫盯著我看。她什麼都不說，就只是默默用視線刺向我。

「……宇、宇野。」

「什麼事？」

「不好意思，今天可以請妳先回去嗎？」

「咦，可是……」

「不好意思，我想起有急事要辦。真的很不好意思，妳先回去，馬上。」

我合掌拜託，宇野就露出不解的表情，但還是離開了房間。

宇野從玄關出去後，葉月就溜了進來。原來她是躲在走廊上，不和宇野撞個正著？她躲藏的方式有點像幽靈，增幅了我的恐懼。

「——學長……」

她以優美的嗓音宣告可怕的內容。

「撿回一命了耶。」

是誰，或是從誰手下，這些問題我沒問。

葉月手上有東西在發光。然後聽見啪的一聲響，她將那個東西收進了口袋。

「請學長不要再見那個女人。我們說好嘍？」

換作是平常，這個時候我會說不出話。

只是，現在和以前不一樣。

我想起來了，想起了來這裡的理由。來到這個世界，不惜讓歷史的齒輪逆轉也要來的理由。

「葉月，那個——」

「學長被剛才那個姓宇野的女人說動了嗎？」

「這……」

「炸彈不是只有一顆喔。」葉月舉起手機，靜靜地脅迫我。「凡是勾引學長的女人，無論是誰，我都要炸死。沒錯，就像現在也是只要我點一下畫面，星乃姊就會從這個時代被除掉。」

葉月像要示威似的，將食指靠近手機畫面。畫面上可以看到一個像是APP的小小按鈕。

我盯著這個按鈕——多半就是葉月說的炸彈引爆裝置。只要她按下這個按鈕，星乃就會死。一種謊言般的現實，簡直像在玩電玩。

這時我腦海中閃過了到剛才還待在這個房間的少女所說的話。

——平野同學，你救了我。

宇野手按胸口。

——是平野同學，保護了我的寶貝。

直視我的眼睛。

——我很慶幸，認識平野同學。

對我說了這樣的話。而我因此得救了。

也許只是我自己這麼覺得，也許只是一種讓我的罪惡感淡去一些的自我欺瞞。即使如此，宇野的話還是讓我滿心感激又開心，眼淚都要流出來了。宇野這樣救了我，讓我也總算想起自己該做的事情。我有要救的人。就像宇野救了我，我也非得救她——非救星乃不可。我的自我認同這個立足基礎被葉月推得土崩瓦解，現在才總算找回了一小塊立足點。

所以，我就拿這一小塊立足點當踏台。

——就只有現在。

縱身一跳。

「學長，你怎麼了？只要我一按這個按鈕，星乃姊就會——」

「葉月……！」

這時我撲向了葉月。

「……！」

我抓住她拿手機的右手，手機就掉到地上。「放開我……！」葉月嘶吼著抗拒，但力氣是我比較大。「你這……！」葉月掙扎。她多半沒想到我會抵抗吧，沒想到我還剩下這樣的精神力——我自己也沒想到，直到宇野來為止——

「你做什麼……！」葉月抓住我的手。我手上握著手機，打了電話。星乃當然沒接，但我不管，一再響著鈴聲。我重撥了五次、十次，終於……

『……』

接通了。

「星乃……！」我朝話筒大喊。「有炸——！」

我還沒把炸彈兩字說完，手上就一陣劇痛。葉月一口咬上我的手，就像狂犬似的牙齒深深咬進皮肉，讓我忍不住讓手機脫手。

——唔！

我也不會這麼輕易就退縮。我繼續挾制咬著我不放的葉月，為了再度與星乃聯絡，朝自己的手機伸出手。但葉月腳一伸，手機就被她用腳尖踢進書桌下。下一瞬間，葉月猛力往後一仰，她的後腦杓撞上我的下巴。我忍不住呻吟一聲，圈住她的手臂一瞬間有了縫隙，葉月就轉過身來，然後我臉上傳來啪的一陣衝擊。我挨了狠狠一巴掌，忍不住手撐到地上，葉月立刻伸手去拿自己的手機。

——想得美！

我也為了阻止她而伸手。接著就在我們兩人的手交疊的剎那——

爆炸聲響起。

聲響從隔壁另一頭傳來，劇烈得可怕。

「啊……」

我低聲驚呼，跟葉月對看一眼，她就嘴脣一歪，像夜叉似的弄亂的頭髮垂在臉前。

「都要怪……」她喘著大氣說。「學長自己不好……」

——天、啊……

我丟下葉月，搖搖晃晃地站起，走向窗邊，用發抖的手拉開窗簾一看，看見塵埃飛舞，在日光中就像一群浮游生物，就像大量的浮游生物混入空氣中流動，我被這樣的空氣吹拂著……

接著我目擊了。

「嗚、啊……」

大量的煙竄到空中。黑煙就像一條升天的大蛇，將天空一分為二。這個方向是——

銀河莊。

——星乃……！

我飛奔而出。我不理葉月，從她身邊穿過，一口氣跑樓梯下去，衝出玄關。徒步要幾分鐘的路，用跑的是一分鐘多一點。就這麼點距離，現在卻讓我覺得好遙遠，只覺得右眼流下一道又熱又紅的液體，將視野染成令我毛骨悚然的紅色。

於是我……

「啊、啊啊……」

抵達了現場。

黑煙竄起，異樣的臭氣籠罩四周——

這不是真的……

我愕然呆站在燻黑的世界裡。

銀河莊——星乃——爆炸——炸掉——

「咳！咳咳！咳咳……呸！呸！」

咦……？

黑煙中傳來熟悉的嗓音。

從中出現的是……

「星乃……！」

我跑了過去。一名少女穿著一身煤灰的衣服走出來。空中有灰燼般的東西灑落，就像以黑色花瓣形成的花雨一般舞動。

「妳、妳，沒事……！」

「平野同學……？」

我跑向星乃，感慨萬千地就要抱緊她，結果……

叩。一記右鉤拳閃過，打在下巴上。我就像個被KO的拳擊手一樣腳步踉蹌，單膝跪地。

「不要碰我。」

「星、星……乃。」傷害直透雙腳，讓我說話時不由得發抖。會真的動手打認識的人，這樣的女人在地球人當中相當罕見。

「妳，炸、炸彈……」

「處理掉了。」

「處理？」

「而且平野同學你好像發了SOS來。」

她一邊拍掉頭上的灰一邊說。

「SOS？啊！」

——響三聲以上就是SOS。

機。

這是我們之前講好的緊急聯絡方式。當時我提議這個方式，主要用意是在防範無人

「我聽見你說『有炸』，就想說是不是要說有炸彈。所以為防萬一，我用保全系統掃描過，發現衣櫃上有陌生的金屬反應，就用無人機的金屬手臂搬出去，正想著要丟到哪裡才好，突然就爆炸了。還好是先搬出去以後才炸的。」

「太、太亂來了……」

「竟敢找我麻煩，可真有膽子。」

星乃用袖子用力擦了擦滿是煤灰的臉頰，然後打了個噴嚏。

就在這個時候。

手機收到了訊息。

「……咦？」那是個奇妙的畫面。畫面上有我根本沒安裝的ＡＰＰ，顯示出一連串碼表般的數字。

【03:00:00】

【02:59:58】【02:59:57】【02:59:56】數字隨即逐漸減少，就像某種計時器。不對，這是——

接著手機響了。「唔……」我以發抖的手按下通話鈕。

『——學長。』

她的聲音慢慢爬進我的耳中。

『我很意外。』

「咦？」

『沒想到學長竟然還剩下足以那樣抵抗的氣力……看來是還不夠。』

「不夠？」

『剛才跑來的那個戴眼鏡的人——是叫宇野宙海——是嗎？就是她對學長灌輸了些什麼吧？』

聽她提起宇野，腦海中掠過不好的預感。

『我，決定了。決定「格式化（Format）」。』

「格式化？」

『不管是DVD還是藍光光碟，不格式化就沒辦法寫入吧？我覺得就和燒錄光碟一樣，學長之所以一直不肯接納我，是因為學長心中已經先被寫進了多餘的東西。天野河星乃、盛田伊萬里、宇野宙海……這些用不到的資料寫進了學長這片光碟裡。所以啊，我來讓學長忘記，把學長整個人格式化，然後用我來填滿學長……』

她在說什麼，又想做什麼？她的話很沒有常識，但這陣子的行動已經太足以證明她不是開玩笑，也不是虛張聲勢。

『呵呵呵……』少女忽然笑了出來。『啊哈哈，啊哈哈哈……呵呵呵呵……』

手機透出令人聽不下去的笑聲。

「葉月，妳……」

『作為「格式化」的第一步——』

接著她以銀鈴般的嗓音宣告自己要進行的犯罪。

『我要炸死宇野宙海。』

第五章　摩天樓的歌姬

【audition】——宇野宙海

選秀會的休息室。

其他想當偶像的參賽者也各自帶著不同的表情進行準備，靜靜等待時刻來臨。

空氣很沉重。我手按胸口，小小做了個深呼吸。

——不用怕，像練習時一樣表現就可以了，冷靜啊，宙海。

我這樣說給自己聽，讓心情鎮定下來。

剛才的彩排失誤很多。明明已經練了那麼多次，早就已經學會，但旋律和身體的動作就是不合拍，也不時會忘詞。練習時做得到的事情現在硬是做不到，果然真正上場就是不一樣。

應考日也是一樣。考試前一天發燒，到了正式考試那天甚至連考場都去不了。不是運氣不好或被人傳染感冒，是我從以前就很容易臨場失常。母親擔心我，從應考失敗以後開始加倍約束我。考試的情形是一直到模擬考都還很順利，可是現在連彩排都做不好。之所以會臨場容易失常，一定是因為我本質上太脆弱。

——可是……

我仰望休息室的白色牆壁，想起了那一天。

只有那個時候不一樣。我離家出走，躲在公園，平野同學來接我的那一天。那天好令我震撼。『那妳就負得起責任嗎！』平野同學朝著母親大吼的那些話。『如果她！如果她，將來照妳的話活下去——然後如果她對人生後悔了——妳就負得起這責任嗎！』那句話深深刺進我心裡。我從來不曾這樣想過。我一直覺得我才十七歲，還未成年，對什麼事情都負不起責任，所以我必須聽爸媽的話。

但我錯了。我的人生，責任在我自己，所以我可以決定。是平野同學教會了我這件事。『Universe！』當時隔著門板聽見的話，深深震撼了我的心。『不要放棄！』平野同學每在門上敲出砰的一聲，我的心就會跟著被撼動。『不要丟掉！』就像在用力拍打我之前都凍僵的心臟，對我進行心肺復甦。『妳寶貝的……東西——』而我的心——『絕對，不要丟掉啊……』

撲通一聲，跳了起來。

我用力按住胸口。這和應考失敗的時候不一樣。現在的我，心在動。已經靠著自己的意志，走在自己的人生路上。所以，我一定——

「麻煩準備上台！」

工作人員來到休息室。

「好的。」我站起來，其他參賽者也站起來。

要開始了。選秀會，以及我的——

人生。

【bomb squad】——大地&星乃

「快點！」

「我知道！」

「快點！沒有時間了！」

我們從車站就坐計程車飛奔，把萬圓鈔往司機身上一丟就跑向選秀會會場。

Cyber Satellite公司。過去我們也一直聽到這個天敵般的名稱，但我們還是第一次像這樣來到總公司大樓。位於都心第一等地段的超高層大樓有著充滿壓迫感的威容，加上背景厚重的雲層，給人一種像是要被摩天樓壓垮的錯覺。

「工作人員入口呢！」

「那邊！後門！」

「那剛剛叫計程車停到那邊不就好了！」

「妳很囉唆！我哪知道這麼多！」

——給我招出來。

星乃逼問之下，我終於招出了一切。雖然很害怕葉月會因此做出什麼樣的行動，但相對地我也想到已經沒辦法再瞞下去，而且現在有了新的危機——事關宇野的性命。

凶手是葉月——

大約一個半小時前，我這麼告訴星乃，沒想到她並不驚訝。她點點頭說了句：「……是嗎？」然後靜靜地說：「果然啊。」

我回問「果然」這兩字是什麼意思，她就搖了搖頭。星乃要求我詳細說明葉月做出的「炸彈恐攻」——在銀河莊與站前派出所放置炸彈的事件，但最關鍵的問題，也就是葉月的目的與動機，卻不問得太深入。她知道多少？又在想什麼？來這裡的路上，從她抓著電車吊環、低垂著目光不說話的臉上看不出蛛絲馬跡。

要救宇野嗎——對於這個問題，少女很乾脆地回答：「地球人我才不管。」接著壓低聲調又說：「如果葉月裝的炸彈造成有人犧牲……真理亞一定會難過……」

真理亞這個母親有親女兒葉月，以及養女星乃。我不知道這對沒有血緣的姊妹之間有著什麼樣的恩怨。這些年來，星乃對葉月怎麼想，葉月又怎麼看待星乃？這些都罩在一層薄紗裡，輪廓有些模糊。

——總之，現在只能想辦法處理炸彈。

往手機一看，倒數已經走到【01:30:18】。我不知道這是否真的是定時炸彈的倒數計時。我姑且還是用電話與郵件「通報」了警方與Satellite公司，但坦白說，反應並不樂觀。既然並非發現可疑物體，也沒有人做出犯罪預告，我們又只能提供「大樓也許被人裝了炸彈」這種程度的消息，會這樣也是無可奈何。聽說從上次的站前派出所爆炸案後就有無數人「提供消息」給警方，我們的通報無可避免會埋沒在這些消息當中。

「……所以，妳帶了什麼樣的東西來？」

我們一進入大樓就搭上電梯。選秀會會場位於地上五十樓的頂端，也就是屋頂。在那兒的特設會場直播的就是Cyber TV的節目。如果葉月的目標是宇野，最該找的地方就是屋頂的選秀會特設會場，這點無庸置疑。

電梯靜靜地上升。

「今天帶來的探測器是兼有紅外分光裝置和拉曼分光裝置的自信作。紅外光分光是著眼於照射在試料上的紅外線特定波長吸收情形來檢測是否為同一物質；拉曼分光則是透過照射在試料上的光線散射情形來檢測，兩者都屬於震動分光法——（中略）——拉曼分光法由於雷射的能量比較高，造成試料損傷的風險就比較大。這個裝置就把這些風險也都考慮進去——（中略）——透過以上這些方式，有助於偵測硝化甘油、TNT、TATP等國際間用於恐怖攻擊的爆裂物。」

天野河教授漫長的高談闊論總算結束後……

「原來如此，我非常了解了。那麼，東西在哪？」

「就是這個。」少女放下背包，拿出她自豪的裝置給我看。乍看之下，形狀倒也像是手持的吸塵器。我心想：用這種東西就偵測得出炸彈嗎？但試著一拿，發現分量意外沉重。說是繼已經配備在「威利」上的金屬探測器與輻射偵測器之後，近日內就會加裝到無人機上。

「……奇怪啊。」

這時星乃喃喃說道。

「怎麼了？」

「一直到不了啊。」

「啊……」我看向電梯的樓層顯示，上面並未顯示任何樓層。就算是通往屋頂，也應該已經過了相當長一段時間，長得足以讓星乃講完那麼長一段說明。

就在這個時候。

電梯的門開了。

「總算啊。」「是啊。」

我正想說得救了，走出電梯，卻發現情形不對。

——咦？

一名男子站在前方。

我認識這個人。高挑的身材；俊美的臉蛋；臉上的淺笑。

這間公司年紀輕輕就老謀深算的重量級人物。

「好久不見了。」

他用指尖調整白銀單眼鏡的位置，微微一笑。

「六星……」

【bomber】——惑井葉月

一切準備就緒，舞台已經搭好。

這顆炸彈的威力足以完全炸毀整個舞台。選秀會會場已經被數千名觀眾填滿。相信再過不了多久，他們就會切身體認到等一下要開始的不是偶像歌舞表演，而是血腥的慘劇。

——就快了，學長。

從屋頂看得見的眼底光景當中，走動的人們小得像豆子。我就像個想自殺的人一樣站在屋頂的邊緣，欣賞這幅光景。

學長「覆寫」了歷史，把我從歷史中抹煞。

所以我也要「覆寫」學長，把學長心中的事物，把那些填滿、滿足學長的事物，全都格式化。然後只把我自己放進學長「心中」。

是誰都無所謂，就算不是宇野宙海也無所謂。是盛田伊萬里，又或者是山科涼介，也許都一樣。只是，那個眼鏡女觸動了學長的心，就先讓我很不爽。學長的心，是連我都不曾觸動的。我要把占據學長心思的人全都炸死，最後再消滅星乃姊，我的目的就能完成。

一群未來的偶像出現在舞台上。少女們在揮手，宇野宙海也在裡頭。會場情緒沸騰，我則冰冷地看著這一切。

學長會來嗎？

他會拚了命，做出可能會死的覺悟來救宇野宙海嗎？

到時候，我要把學長也牽連到爆炸當中嗎？

——不會。

我很清楚，學長不是這種個性。永遠都不關心別人，卻很擅長保護自己，只重視CP值的那個學長，不可能會犯這樣的風險。

我很了解學長，比世界上的任何一個人都更加了解。

學長不會來。即使來了，他也什麼都辦不到。

遇到緊要關頭，學長一定會逃避。他會愈想愈怕，逃避風險，逃避危險，逃避麻煩事。這就是學長，就是我所知道的平野大地這個人。

好了，來炸掉吧，炸得什麼都不留。

炸掉這可恨的「第二輪」的世界——

炸死那些誆騙學長的女人。

【bomb squad】——大地&星乃

Cyber Satellite公司最頂樓。

聽得見歡呼聲。相信選秀會已經在我們頭頂上開始。歌聲；打拍子聲；觀眾的歡呼。偶像風格的閃亮旋律混入空氣之中。

「你怎麼，會在這裡……」

「這是我要問的問題呢～～」

這個年紀輕輕就老謀深算的人露出了微笑。

「這裡是我的公司耶。而且，今天我還負責當評審。」

「……我都忘了。」

我有點疏忽了六星，有一部分也是因為我滿腦子都是葉月和炸彈。

「有什麼事嗎？我沒空理你了。」

星乃瞪著六星。

「沒什麼，不會花妳多少時間。今天我是想做個交易。」

「我拒絕。」

星乃連內容也不聽就拒絕。這是當然的，誰會答應這種可疑分子提出的交易。

「先別這麼急嘛。」

六星始終老神在在地說話。

「天野河星乃小姐，妳可知道敝公司是想協助妳？我們想讓妳雙親未能達成的偉大研究『ＣＨ細胞計畫』復活，對人類的科學發展做出貢獻。還請妳務必成為我們的合夥人。」

「你閉嘴。」

星乃毫不留情地反駁。

「你想當的不是合夥人，就只是小偷。我都知道的，知道這間公司的資金已經周轉不靈，迫在眉睫。」

這是我告訴星乃的消息。原本是秋櫻提供給我的消息。

「你為了留住投資客的期待，企圖利用CH細胞。你想把天野河詩緒梨和彌彥流一這兩個知名度超群的人物當成代言人，把我所擁有的智慧財產當成籌措資金的工具。我不准你說不是。」

「喔喔？這可真嚇了我一跳，妳相當清楚。」六星輕輕頂起單眼鏡，仍然不為所動。「我看是那位自由記者小姐的情報？真不知道消息是從哪兒走漏的。」

這傢伙……六星剛剛露骨地影射了秋櫻。他掌握到了什麼？還是在套我的話？然而聽星乃指出自家公司的資金周轉不靈，他卻不直接反駁，就讓我覺得證實了秋櫻取材的確切性。

「那架無人機也一樣。」

星乃繼續逼問。

「遙控無人機飛到我家，還特地傳影片給我看。『星乃的城市』——那是你做的吧？遲早有一天你大概會想偷拍我的照片，拿去賣給週刊雜誌吧，還編造個『太空寶寶和男人同居』之類的標題。透過這樣的方式，讓網路上對我展開罵戰，在一連串智慧財產權相關的紛爭中，製造對你們公司有力的輿論——這手法實在老套。」

「我是聽不太懂妳在說什麼。」六星臉不紅氣不喘地裝蒜抗辯。「如果你們現在正處於非常為難的狀況，我身為合夥人，希望能夠幫助你們。這個。」

他像魔術師似的從指尖拿出了一個東西。是一個隨身碟。

「『只要妳願意在這裡面的契約書上簽名，今後敝公司將會全面保護你們。我們一定會讓這一連串的騷擾平息』。」

「還不就是Match Pomp嗎？自己先放火，然後又說要幫忙滅火？別開玩笑了。」

「我無論什麼時候都是正經的。看來是沒辦法讓兩位信任我。」

「你連一丁點的信用都沒有。」

「看來是交涉決裂了。真令人遺憾。」

六星也不顯得如何遺憾。

「……不過呢——」接著他又說下去。

「相信你們明白的那一刻遲早會來，我和你們聯手的那一刻遲早會來。這是確定的未來。現在我就先耐心等待，等你們知道『真正該對抗的對手』是誰吧。」

——這是什麼意思？

「這一天不會來的，永永遠遠不會來。」

「這種事沒有人知道，除了時間之神(Chronos)以外——好了。」

屋頂上又傳來歡呼聲。當旋律迴盪，六星轉身走遠。

「我有評審的工作要做，就此失禮了。還請盡情欣賞敝公司的選秀節目。啊，對了，對了——」

他最後補上一句。

「兩位的朋友要登上大舞台，但願一切可以平安結束啊。」

當我大喊「慢著」，六星已經消失在通道的遠方。

【audition】——宇野宙海

一開始對觀眾露臉打招呼的登台結束後，休息室前有一張熟悉的臉孔。

「姊姊……！」

「嗨！」

秋櫻姊朝我舉起手。她胸前掛著常帶的相機，背上揹著看起來很重的背包。

「妳怎麼進來的？」

「哎呀～～我好歹也是個記者。之前我也來採訪過Cyber TV的節目幾次，而且是可愛的堂妹要登上大舞台，所以我就透過人脈弄到了採訪的許可。」

「這樣啊……」

看到姊姊的臉，我突然鬆了一口氣，覺得雙腳總算踏到地了。我是第一次進電視台的休息室，所以一直覺得很不踏實。

「狀況怎麼樣？」

「嗯……我忍不住緊張。」

「剛才的打招呼不是做得很順利嗎？」

「那是劇本全都已經寫定了……而且就算那樣，我也緊張得心臟都快破了。」

這是我老實的心情。當我站上舞台，被聚光燈照著，總覺得眼前那麼多觀眾都像是假的，我雙腳發抖，有種腳下會崩塌的錯覺。這是我這輩子從未嘗過的緊張感。只是短短露個面就緊張成這樣，再過一會兒，我可是要在台上唱歌跳舞。我實在無法想像，而且怎麼想都不覺得會順利。

「來～～放輕鬆放輕鬆。」

「哪有這麼簡單……」

「不然是要怎樣？要有妳心愛的平野同學來鼓勵，妳才會有精神？」

姊姊突然提到平野同學的名字，讓我體溫急速上升。

「姊、姊姊妳不要亂講！這跟平野同學無關吧！」

「妳不是很擔心平野同學會不會來看嗎？唉唉唉，虧我這個姊姊想盡辦法來採訪，終究還是贏不過男朋友嗎……」

「真是的，他又不是我男朋友！」

我拍打姊姊，她就倏地轉身說：「哈哈哈，就是這樣就是這樣！」

「心情舒緩點了？」

「啊……」

不知不覺間，雙腳已經不再發抖，覺得去掉了一些梗在心裡的東西。

我每次都覺得真的是贏不過姊姊。

「我正式上場容易失常，像應考也是，每次都到緊要關頭就搞砸……」我說出了真心話。就快要正式上場，但一看到姊姊就忍不住想依賴她。「所以，我好不安。擔心如果失敗就會很對不起支持我的盛田同學、山科同學，還有……平野同學。」

「不用怕。」

姊姊溫和地微笑。

「妳不是已經開始爬上夢想的樓梯了嗎？既然這樣，就不用怕。如果跌倒，下次再爬就好。夢想不會跑掉的。」

「姊姊……」

她在我背上拍了一記，使我往前踉蹌一步。

「我會幫妳拍出很棒的照片，所以儘管去玩個盡興吧。」

姊姊用力豎起大拇指，露出潔白的牙齒笑了。

外面傳來歡呼聲。

就快了。
我夢想的舞台。

【bomb squad】——大地&星乃

「你那邊呢……？」
「不行……！」
「我來找炸彈，平野同學你去會場找葉月！」
「知道了！」
Cyber Satellite公司，總公司大樓屋頂，選秀會特設會場。
我和星乃分頭到處找「炸彈」，途中還好幾次被工作人員叫住，每次都被警衛包圍，但現在我們管不了這麼多。
「謝謝大家～～！還請各位觀眾投票支持我！」
舞台上想當偶像明星的少女朝觀眾揮手致意。根據營運網站的發表，選秀會的觀眾約有三千人。上空有電視台的直昇機懸停拍攝，會場充滿著熱氣，全不把冬天的寒冷當一回事。
「好的，以上是參賽號碼005早乙女翔子為大家帶來的表演～～！」主持人的聲音響起。「下一位是參賽號碼006的工藤步，請上台～～！」

「喔喔～～」會場上發出情緒沸騰的應和聲，我在觀眾群裡尋找葉月。但要從幾千人的人潮當中找出一名少女並非易事。

「怎麼樣？」「沒看到！」「唔……」

星乃抱著爆裂物探測器，忿忿地瞪著觀眾。就算要搜會場，人也太多，最重要的是沒有時間。如果炸彈是裝在座椅下，又或者是放在哪個人的包包裡，我們就無從找起。

「繼續找！我從機械室上面用熱顯像找找看！平野同學去舞台前面，看看她有沒有躲在那！照理說她一定會躲在附近觀察現場！」

「知道了！」

時間一分一秒過去。我和星乃到處找，試著研判所有可能，但最大的問題就是沒有時間。每次看時間就看到剩下不到一小時，五十九分，五十八分這樣持續倒數。

接著——

「好的，參賽號碼008，宇野宙海，請上台！」

宇野出現在舞台上。

——宇野……

她穿戴白色的手套與長靴，穿著裙襬外撐的藍色裙子。宇野宙海就以這即使和新秀偶像明星並列也不遜色的外貌走到舞台正中央。她腳步穩健，面帶笑容揮手，顯得非常鎮定。她面向正前方，直視整個會場的眼眸看來充滿了決心。

「各位觀眾大家好！我是宇野宙海。非常謝謝大家在我的ＰＶ也寫下了那麼多留言！今天我會全力以赴！」

會場歡聲雷動。我一邊留意宇野的動向一邊看著整個會場，尋找葉月的身影。我壓低姿勢，潛水似的在觀眾間穿梭，但既未看到疑似炸彈的不明物體，也沒看見像是葉月的人物，總之人實在太多了。

前奏響起。舞台上的宇野站到麥克風前，開始踏起舞步。整個會場也被觀眾們踏得地動山搖一般。現場節目進行得正火熱，熱氣與歡呼聲在頭上交錯。我暗自喊著「宇野加油」，視線則專注於尋找炸彈。

然而——

意外毫無預兆地發生了。

「和、你——」

——？

我聽見喀噹一聲響，歌突然中斷。現在放的ＢＯＴ48歌曲我也多少聽過，這句後面應該還有歌詞要唱，卻聽不見歌聲。然而舞台上的少女——宇野宙海僵在原地發抖，頻頻顫動似的動著嘴唇，眼睛焦點飄移，先前那牢靠的表情消失得無影無蹤。

發、發生什麼事了……？

觀眾也察覺到異狀，停下了踏步。歡呼轉變為竊竊私語，他們開始面面相覷，討論發生了什麼事。宇野在舞台上一句話也不說，也不唱歌，就只是僵在原地。

宇野……

是緊張、陷入恐慌，還是想不起歌詞？雖然不知道情形，但總之宇野宙海就是臉色蒼白地呆呆站在那兒不動。

——我要過去了。去夢想的舞台。

不對勁。不應該是這樣。

這是宇野的夢想舞台，是這名甚至將自己評為奴隸的少女，和母親「戰爭」贏得的未來。

而現在，少女卻像以往服從雙親那樣，因恐懼而擔心受怕、發抖。

「啊、啊……」聲音流洩出來。我僵在原地似的注視宇野。

本來現在應該不是發呆的時候了，我必須分秒必爭地找出炸彈。這我明白。已經剩下不到三十分鐘，但我還是無法將目光從宇野身上移開。

——謝謝你，平野同學。

宇野。

——我啊，被平野同學拯救了。

妳……

——多虧平野同學——

妳要在這裡……

——讓我覺得找回了人生。

找到夢想。

找到人生。

旋律終於停下。主持人走上舞台，打手勢叫停。

不行不行不行，這種結束的方式絕對——

「Universe……！！！！！」

不知不覺間，我已經放聲大喊。

宇野抬起頭。

我們視線交會。

【audition】——宇野宙海

我在舞台邊，等著輪到自己上場。

舞台上，參賽號碼007號的女生在唱歌。她音量大，舞也跳得好，水準顯然比我這種人高多了。我又開始緊張。

我深呼吸一口氣。

——不用怕。妳不是已經開始爬上夢想的樓梯了嗎？既然這樣，就不用怕。如果跌倒，下次再爬就好。夢想不會跑掉的。

一想起姊姊的話，還有她的眼神，就覺得胸口一陣溫暖，心情也漸漸鎮定下來。謝謝妳，姊姊，我最喜歡妳了。

「好的，參賽號碼008，宇野宙海，請上台！」

終於輪到我上場了。前一個女生揮著手回到舞台邊。她剛下台，就換我上台。我輕舒一口氣。不用怕。我挺起胸膛，牢牢踏穩腳步，走在舞台上前進。還不用揮手回應歡呼聲。

——儘管去玩個盡興吧。

沒錯，這裡就是我夢想的舞台，我終於來到了這裡。所以，我要盡情唱個夠。

我站到男主持人身旁後，轉朝向正面。人潮填滿了屋頂。好厲害，和剛才跟所有觀眾打招呼的時候不一樣，現在所有人的目光都集中在我身上。這是我這輩子第一次面臨這樣的場面，不只是聚光燈，一切都好耀眼。

「各位觀眾大家好！我是宇野宙海。非常謝謝大家在我的PV也寫下了那麼多留言！今天我會全力以赴！」

歡聲雷動。很好，氣氛很棒。這樣我就能夠努力表現。

主持人退到舞台邊。終於要開始了。

前奏開始播放。是我聽了幾百次，幾千次的最喜歡的ＢＯＴ的歌曲。整首歌都已經深深透進我這個人當中，身體自然而然地動了起來。我行的。

我開始用舞步抓節奏，整個會場也開始踏步。地動山搖般的聲響。

好了，接下來就是我的——

「和、你——」

啊……！

第一個舞步動作，我第一次伸出手的瞬間——

喀噹！

我的手碰到堅硬的物體，麥克風架倒下。

糟糕……！

——啊、啊，歌，開始……糟、咦、咦……！

精神、決心、得到大姊姊鼓勵而奮起的勇氣都急速萎縮。咦？為什麼？麥、麥克風，得撿起來……聲音……啊、啊、啊——

膝蓋在顫動，身體也害怕般開始發抖。工作人員趕緊跑來幫我重新立好麥克風架，但我動搖的心已無法平息。旋律還在繼續，得發出聲音，得唱歌才行。我明明這麼想，但旋律就是聽不進耳裡。我熟悉的BOT歌曲，明明是唱了幾百次，聽了幾千次的歌，現在聽來卻像一陣陌生又吵鬧的聲響洪水。我抓不出節奏，無法和歌曲同調。前奏呢？副歌呢？間奏呢？已經唱到第二段主歌了？怎麼辦？怎麼辦？啊啊啊啊啊。

觀眾席開始竊竊私語，每個人都狐疑地看著一直不唱歌的我。怎麼辦怎麼辦？燈照進眼裡，視野扭曲。啊啊，為什麼我會待在這種地方呢？心靈開始逃避現實。虧姊姊還那樣鼓勵我，虧大家那麼幫我。啊啊，不行。我現在一定正被大家笑。聽得見有人說：那女的搞什麼，外行人給我下去。

——每次都是這樣。

我遇到重要關頭，表現就會差。原因很簡單，因為我沒有自我，因為我不曾貫徹、實現自己的意志，所以我很怕壓力。我體內沒有「軸心」，所以動不動就會錯位，就會撐不下去。考試也是因為這樣搞砸。

我全身僵硬，就像石像似的定在原地不動，嘴像缺氧的魚一樣又開又閉。冷汗流得讓衣服裡面都濕濕黏黏，讓我覺得自己隨時都會昏倒。我已經不行了，完全搞砸了。每個人都不再一起踏步，也不發出歡呼，主持人露出為難的表情看著我。終於連旋律也被叫停。可是我發不出聲音，喉嚨底下哽住了似的一句話也說不出來。完了。我已經完了。我作著當偶像明星這種不自量力的夢，愚不可及地在全國大出洋相——

這個時候。

「Universe……！！！！！」

我聽見了喊聲。

——咦！

這個喊聲在無數觀眾環視之下，叫出了我的綽號。

「加油啊……！」

——平野同學？

喊話的人是平野同學。他扯起嗓子，拚了命呼喊。

「不要放棄！」

——不要放棄！

那是他曾經對我呼喊過的話——曾經拯救過我的喊聲。

「妳不是好不容易才走到這一步嗎！不是好不容易才自由了嗎……！這不是妳好不容易，才總算——」

四目相接，然後就和那時候一樣——

「抓住的寶物嗎……！！！！」

心臟撲通一跳。

身體突然發熱。火熱的血液開始在被冷凍的身體內運行，然後我——

和你一起奔向寬廣的未來天空——

發出聲音。

雖然是沒有旋律的清唱，但我還是——

奔向那遙遠的天空。

要唱。

要朝著夢想歌唱。

沒過多久，會場上的觀眾開始用手打起拍子。大家拍著手，合而為一支持我。觀眾席上的平野同學也在拍手。不對，不是這樣，是平野同學開始拍起手的。然後音樂疊加上來，接著歌曲迎來最後的高潮。

朝著閃亮的星星伸出手——

我也伸出手，會場上的大家也伸出手。整個會場合而為一，啊啊，就是這樣，就是這個，我小時候看到因而嚮往，想感受這種一體感，我才會——

不要放棄，你的眼睛是連結未來的寶石。

歌唱完了。

我氣喘吁吁地一鞠躬，結果……

——咦？

迎接我的是一整片盛大的歡呼聲。「妳好努力！」「好精彩！」「完美複製舞步果然超威的啦～～！」大家在對我喊話。

眼淚都快流出來了。沒錯，我——

「那麼，第二首，要開始嘍～～～～！」

我現在，就是偶像。

【bomb squad】——大地&星乃

「那麼，第二首，要開始嘍~~~！」

宇野的第二首歌開始後，我鬆了一口氣。

我全身發熱。做了不習慣的事情，大聲喊叫，弄得喉嚨很痛，但這讓我覺得舒暢。

會場氣氛沸騰，所有人合而為一，支持發不出聲音的明日偶像。宇野唱得很帶勁，跟著節拍踏著舞步。她已經不要緊了。

來，我將張開翅膀載著你高飛。

我感慨萬千地注視著少女。

——這個地方啊，會揪在一起。

那個曾經很膽小的少女。

——精神上的奴隸。

曾經不敢違逆爸媽的模範生。

現在，在多達幾千名觀眾面前，不，是透過網路，面對全世界，展現自己悠揚的歌聲。

這是為什麼呢？我瞇起了眼睛。

為什麼當人朝著夢想前進的時候會顯得這麼耀眼呢？

把所有夢想全都塞進心的油槽，展翅高飛吧——

接著她漂亮的一個轉身。

朝向太空——

指向天空。

就在這個時候。

——啊……！

「那個東西」就飄在宇野舉起的手指直線延伸的延長線上。

藍天中，飄著一個汙漬似的黑點。

「難道……」

那是我們不管怎麼找都找不到的炸彈。

在空中待命的——

無人機。

○

一個汗漬般飄浮在空中的小小黑點。

「可真會想……」我們兩個單腳踏上屋頂邊緣，一起仰望天空。星乃用歌劇望遠鏡看著疑似無人機的飛行物體。

「妳、妳覺得真的是炸彈嗎？」「多半是。」

星乃仰望天空，以冷靜的聲調回答。我已經坐立不安。朝手機一看，剩下的時間不到十五分鐘。

所有參賽者都表演完畢，只剩在頂樓等待選拔結果。

「該死……在那麼高的地方，我們根本——」

「束手無策？」

「咦……？」轉頭一看，她慢慢拿出自己的手機，眼睛死盯著開始滑起手機。

「喂，現在是滑手機的時候嗎？啊，妳是要找人幫忙？」

「差不多。」星乃快速地操作手機畫面一會兒後，說了聲：「好。」

「……？」

我正要問她是跟誰聯絡，但她已經收起手機。

「還有十分鐘。」

「啊……」

我也看向手機。

【00:09:32】

已經剩下不到十分鐘。沒有時間了。

「該死……！」

既然炸彈留在我們碰不到的高空，也就只剩下找出葉月這個方法。可是，只剩十分鐘，要從這麼多人裡頭找人——

「星乃，剛剛那個歌劇望遠鏡還有嗎？」

我在籠罩著熱氣的會場內一個一個查看觀眾的臉。我也知道這只是垂死掙扎，但我還是繼續找。

可是，時間轉眼間就過去了。

剩下八分鐘。

「妳那邊呢！」「沒有。」「該死……！」我們分頭去找，但放眼望去都是人、人、人。一切都被擁擠的人潮吞沒。葉月是不是在這會場上的某處隔岸觀火，嘲笑疲於奔命的我們呢……

剩下六分鐘。

「能不能現在請大家去避難？只、只要有六分鐘……」

「沒用的。對方是無人機，多得是方法移動投彈。一旦我們開始引導觀眾避難，對方就會立刻引爆吧。」

「唔……」

五分三十秒；五分；四分三十秒。時間飛快地過去。視線在會場上游移，星乃也以嚴肅的表情看著會場。無計可施。

剩下三分鐘。

心跳愈來愈亂。抬頭一看天空，無人機仍悠哉地停在那兒。炸彈。炸彈。炸彈。那是多大的炸彈？會炸掉這個舞台？還是整個屋頂都會不妙？該不會整棟大樓都……我想起了以前在戰爭電影裡看到的人類的手腳被手榴彈炸斷的場面。只是，那顆炸彈的威力應該沒這麼簡單。若是如此，不管是我、星乃、宇野，還是這個會場上的任何一個人，都將——

剩下一分鐘。一切的尾聲愈來愈近。五十秒、四十秒、三十秒……我已經沒辦法好好看著倒數。葉月是不是做好按下按鈕的準備了呢？為了切斷我們最後的生命線，她那纖細的手指是不是已經準備好隨時都能按下引爆裝置——

「星乃……」我轉動視線一看。

「…………」她搖搖頭。沒戲唱了。

接著死神的鐮刀往下一揮。

手機發出聲響。

嗶的一聲，和心電圖的停止聲倒也相似。

【00:00:00】

時間用完了。

「啊、啊……」

無人機從天空接近，小小一個黑點轉眼間變大。這隻腹部抱著炸彈的雄蜂朝著會場下降，機影不斷變大。

「星乃……」

無意間轉頭一看，發現她看著手機，靜靜佇立著。只見她不慌不忙，嘴裡唸唸有詞。「再十秒……」我聽見了這句話。

「星乃！妳在做什麼！現在不是看手機的時候——」

「——平野同學。」少女視線落在手機上，唐突地問起。「你知道無人機的速度可以到多快嗎？」

「啥？速度？」

「一般無人機大概是時速八十公里吧，但這終究是市面上一般產品的數字，如果是重視速度的改造無人機就可以更快。順便告訴你，現在世界最高速度紀錄是——」

星乃抬起頭。

「『二六三公里』。」

我們說話的當下，天上的無人機已經倒栽蔥地俯衝。

「喂，星乃，快逃——」

「來了。」星乃回過頭。

——咦？

住宅區方向的上空有個東西一亮，就像白天的流星。

「從銀河莊花了九分四十五秒。算是有點耽擱了吧。」

下一瞬間。

巨響響起。

起初我還以為是隕石墜落。才剛看到大樓屋頂上突然竄過閃光，朝我們衝來的無人機就突然「彈開」。黑色機身像是挨了從天而降的諸神鐵鎚，彈開後彷彿燒黑的木炭般壯觀地破裂，馬達、翼片、平衡環架與起落架，所有零件都當場粉碎，灑落到屋頂——

大爆炸。

那就像是煙火。大樓屋頂上空就像演唱會安排的演出，爆出盛大的煙火，為天空賦予了色彩。觀眾發出尖叫聲。

「星乃……！」

爆炸的碎片從空中灑落。我剛抱住眼前的星乃，金屬片就插到四周，也掠過了我的臉與肩膀。然後是一陣像是摻雜了煤灰與煙霧的東西宛如一陣黑雨落下。

「這是怎樣？」「是爆炸！」遠處傳來這樣的喊聲。觀眾席上一片譁然。「大家，冷靜下來！在工作人員有指示前，請待在原地不要動！」宇野的宣導透過麥克風傳來。

我不由得苦笑，心想：這簡直在當班長啊。

「星乃，妳有沒有受傷……？」

我起身看著星乃。少女在我底下躺著回答：「我、我沒事……」看來沒什麼外傷。

我站起來一看。

「咳……咳！」

星乃似乎吸進了煤灰，咳了幾次。我也不斷咳嗽……

「喂，剛剛那是……咳。」

「是威利1。雖然有點可憐……咳！」

「妳是從哪裡叫來的啦？」

「想也知道是銀河莊吧。」

「喂，妳知不知道距離這裡有幾十公里？」

「我剛剛不也說了嗎？無人機的世界最高平均時速是二六三公里，我改得出三百公里。從銀河莊飛到這棟大樓，不用十分鐘就能抵達。」

少女說得若無其事。我聽得傻了，連話也說不出來。從自己家叫來無人機，以時速三百公里撞向敵人。會想到這種方法根本就不正常。

「有夠亂來……」

炸得粉碎的碎片冒起了白煙。相信不管是誰都沒料到會受到這種長程飛彈似的攻擊吧。

星乃用袖子用力擦了擦沾到煤灰的臉頰，露出邪惡的笑容。

「不過，這下我痛快了。」

「我說妳喔……」

「炸彈已經處理掉了，妳也差不多可以出來了吧──」

星乃說到這裡，轉頭看去。

「葉月？」

咦？

回頭一看，那兒站著一名少女。

「——真有妳的。」

惑井葉月站在屋頂的邊緣。

○

「虧我本來還覺得藏在那個地方很不錯呢。」

她惹人憐愛的嗓音震動了屋頂的空氣。

站在我背後的，無疑就是惑井葉月——卻是個眼神中有著妖異光芒的少女。

「葉月……」

「好驚險呢，學長。」

少女微微一笑。這笑容散發出一種怎麼看都不像是十二歲少女會有的妖媚。

「我是早有覺悟，知道被發現只是遲早的事。但我作夢也沒想到星乃姊自己就會連炸彈都處理掉了。」

少女就像在朗讀藝術性的詩歌，以惹人憐愛的嗓音陳述台詞。一種摻雜了惡寒與快感，繞樑般揮之不去的嗓音。這讓我產生了一種錯覺，彷彿未來的葉月說話的聲音不管離得多遠，都會像在耳邊呢喃。

「無人機炸彈……妳也是用這個手法炸掉派出所的吧？」

「答對了。」

葉月很乾脆地招供。

「無人機是Satellite公司提供的嗎？」

「這個嘛，你覺得呢？」

「不要像六星那樣說話。」

星乃並不停止追問。

「葉月，妳把我們的消息透露給Satellite公司。我們用無人機去採集隕石這件事，妳也洩漏了消息給他們，才會像早有預謀般，立刻就有無人機編隊出來妨礙。」

「一半吧。」

「一半？」

「Satellite公司本來就在監視你們。他們為了採集隕石，派出很多無人機到市鎮上的各個地方，其中一部分就分配去監視銀河莊。總之Satellite公司非常想要妳的消息，幾乎可說是飢渴，所以能入侵妳房間的我就是絕佳的間諜人選了。」

「也就是說，妳出賣我們的消息，然後取得很多架高性能的無人機作為代價？」

「這交易還挺划算。我隨便放些消息給他們，他們就什麼都肯答應幫忙安排。」

「炸彈也是？」

「那是我自己做的喔，不過資金是他們出的沒錯。」

葉月接連暴露內情。雖然也不免心想：這樣暴露Satellite公司的內幕不要緊嗎？但對葉月來說，Satellite公司肯定根本就不重要。證據就是，她現在就在Satellite公司的總公司大樓進行炸彈恐攻。

「妳是被Satellite公司利用了。」

「是我在利用那間公司。」

「葉月，妳聽我說。妳對他們來說，是非常好用的棋子。妳成功了當然好，但就算妳失敗，責難的矛頭也不會指向Satellite公司，會指向妳的監護人惑井真理亞。當真理亞淪為炸彈恐攻犯的母親，想必會受到嚴重的抨擊。照這個劇本走，不管結果是哪一種都對他們有利啊。」

「無所謂。如果造成這樣的情形，我就把這整棟公司大樓給炸了。」

葉月面不改色地宣告。她今天也的確付諸實行了。

「為什麼要做到這個地步？妳有什麼目的——」

「是為了要回學長。」

「學長？」

「就是平野學長。」

「咦？」星乃看向我。「這話怎麼說？」

接著葉月說出了核心事實。

「『我是來自十八年後的未來』。」

——唔。

這是我一直瞞著星乃的事實。

星乃皺起眉頭。這也難怪。照常理推想，沒人能理解這種情形。

「……啥？」

然而，下一句話撼動了星乃的心。

「視網膜細胞超光子痕跡掃描型記憶資訊發訊機（Retina visual cell tachyon engram scanning memory space writer）。」

葉月流暢地唸出一個個單字。

接著又說——

「又叫Space Writer。」

這一瞬間，星乃倒抽一口氣。她眼睛瞪大，複誦剛剛聽見的那句話。「Space……Writer……妳怎麼會……知道這名字……」

「星乃姊，我用了妳發明的時光機來到這個世界。」

「我是不知道妳怎麼會得知研究中的Space Writer——」星乃始終冷靜地反駁。「說自己搭時光機過來這種事情，我可不能這麼輕易就聽信。」

「我沒想到會被妳否定。」

「我疑心病重。」

「那麼妳打算怎麼解釋現在的我呢？」

「被害妄想與多重人格，還有偷看我發明資料的小偷。」

「挺合理的。真的很有星乃姊的風格。」

她嘴脣一歪。

「可是很遺憾，這是事實。我是來從妳手中搶回學長的。」

「我說啊，妳剛剛就一直講什麼要找回、搶回平野同學……妳到底在說什麼？」

「妳大概還不知道吧。將來有一天，妳會和眼前的學長建立深厚的感情。」

「和平野同學？我？」

「對。」

「是喔……」星乃發出期望落空的聲音看了我一眼。「我是怎麼想都不覺得會跟這個令人不爽的傢伙變成那樣啦。」

「請妳不要開玩笑。」

葉月立刻瞇起眼睛。

「妳，每次都是這樣——」

她懊惱地緊咬嘴唇。

「一臉不知情的表情，把我寶貴的事物一一搶走。」

葉月……她的表情不像淒厲，更像是充滿哀怨與傷心，在在體現出她內心的痛苦。十年來，她照護未來的我，然後我死了。比起言語，聲調更是傳達出她的失落感。

「家母也是一樣。」

葉月的說話聲就像個演講者。

「自從妳來了以後……」那是她從未說過的經年累月的心情。「家母就只看著妳，開口都是星乃星乃……明明我才是她的親生女兒，媽媽明明是我一個人的媽媽。妳就把這些一一從我手中搶走，不管是學長的心，還是媽媽的愛，都一副不知情的臉連根拔起，全部搶走——」

——原來她這麼想？

我第一次知道葉月的心情。真理亞收養星乃這件事，原來對她的家人葉月也造成了這麼大的影響？

「我一直在忍耐，扮演一個很懂事的女兒。畢竟媽媽工作很辛苦，而且自從爸爸過世以後就一直很寂寞，所以，所以，我這些年來也努力讓自己當個『好孩子』，不給媽媽添麻煩。不管下廚、洗衣、掃地，全部、全部，我都一直努力做好。可是──」

葉月的眼睛充滿了某種情緒。

「媽媽她，都不肯看我……」

我該說什麼才好？怎樣的話才說得進她心裡？我得說些什麼。我得說話，說些能進入葉月心裡的話。就在此時此地，不然就沒有意義。

──等級太低的勇者先生？

我缺乏人生經驗，所以我不知道這種時候該對她說什麼話才好，不知道要如何表達自己的心意。因為我很少好好面對一個人，最重要的是，我怎麼想都不覺得把葉月丟在未來世界不管的我說出來的話能讓她聽進去。因為我是個渣男，因為我是個自私自利，把所有人的人生都抹滅的渣男。

「各位觀眾～請冷靜行動！請大家不要推，不要慌，不要急，鎮定地避難～」

遠方傳來宇野的喊話聲。由於發生爆炸，她是在引導觀眾避難。她的模樣就和先前學校裡進行避難訓練時展現出來的班長英姿一模一樣，聲音有張力，顯得神采奕奕。

──大概是叫「面對」吧。

之前宇野對我說過的話從腦海中掠過。

「面對」。

——學長，只要一下子就好。真的只要一下子，就好——

沒錯，我之前一直不曾好好面對過葉月。

我一直沒能察覺她的心意。不，是明明察覺了卻一直避免去面對。到最後，甚至逃避到過去的世界，所以葉月才會追著我跑來。

面對葉月，面對她的心意、悲傷與憎恨。除非面對自己過去所犯下的一切過錯，不然我會再也無法前進，甚至沒有資格活下去。

——我想原來我需要的不是看「氣氛」，是拿出「勇氣」。

我沒有勇氣，不敢正視問題。我害怕失敗，這些年來一直吊兒郎噹，一直在逃避人生。

宇野就去面對了。她鼓起勇氣，面對母親。

你要怎麼做，平野大地？

「葉月，妳聽我說。」

我正視對方，切入正題。

「我是個渣男。我把妳丟在未來的世界不管，對於這一點，我無法做任何辯解。」

葉月盯著我看。她的眼神很冰冷，讓我忍不住背脊一陣涼意。

但我繼續說下去。

「可是，我不能回去。因為在這個世界，我有事要做。」
「學長是指星乃姊嗎？」
「沒錯，我決定要救星乃。所以，在達成這個目標之前，我不能回未來。」
「到頭來學長還是選擇星乃姊呢，選擇拋棄我。」
「不對，我是——」
「哪裡不對了！」
葉月大喊。
「學長拋棄我，選了星乃姊！不管講出什麼道理，都不可能撼動這個事實吧！」
「……妳說得沒錯。」
我自己都沒想到話很自然地說出口了。
「妳說得沒錯，我選擇了星乃。所以，對不起，我無法選妳。我就是拋棄了妳的渣男……」
「講不過就乾脆厚起臉皮？」
「也許是吧。可是，我還是沒辦法和妳回去……」
葉月的拳頭用力握緊。
「為什麼……為什麼我就不行？為什麼就得是星乃姊？」
她手搗胸口，逼近一步。

「不管是廚藝、洗衣服還是任何家事，我都比她強。換作是我，什麼事都能為學長做。不管是送餐給學長、幫學長打掃房間，甚至將來的生活……只要是為了學長，我願意奉獻一切。所以──」

「葉月，不是這樣。」

我現在總算知道鈕釦扣錯的地方在哪裡了。

葉月一直為我盡心盡力。

而我一直接受葉月的好意。

不管是和星乃的關係還是和葉月的關係，我都弄得含糊不清，講什麼CP值啦、維持現狀啦、節能啦，不去面對眼前的困難，隨波逐流地活到今天。所以那個時候──

──看著我嘛，大哥哥……

我Space Write的那天，在「第一輪」與葉月道別的那天。

那一天，我並未對她說我為了什麼，要去哪裡。

對不起啊──我只留下這麼一句話就甩開了葉月。把葉月的心意、好感，以及過去的奉獻全都拋諸腦後。

我什麼都沒跟葉月說，不只是那一天的事。我應該更早告訴她。告訴她我真正的心意，以及我來到這個世界的理由。

告訴她真相。

——救、救、我。

眼皮內側，流著眼淚的星乃飛向黑暗的太空空間。她伸出的手深深烙印在我心中，再也離不開。

所以——

「……星乃死的時候——」我不管當事人就在一旁聽著，繼續說了下去。因為這已經是避不開的路了。「我自己也一起死了。不是身體，是我活著，靈魂卻死了。」

——就算還在呼吸，心也已經死了——

秋櫻的話在我心中甦醒。

「在沒有星乃的世界裡，我是行屍走肉，我的心一直是死的。不管醒著還是睡著，我的心，還有時間，全都停住了。就算在呼吸，那也不表示我活著。那三年，平野大地這個人是死的——可是……」

我想起了一切的開端。

那天，在銀河莊。

「三年前的星乃捎來了聯絡，是星乃待在ＩＳＳ艙內即將被捲入大流星雨時。」

「……我知道。」

葉月靜靜地回答。

「我就是因為那次聯絡，起死回生。」

我原原本本地告訴她。現在我別無其他選擇。

「星乃給我的那次聯絡讓我甦醒過來，讓我凍結的時間動了起來。然後我有了個很明確的想法。我在沒有星乃的世界活不下去，在沒有星乃的第一輪世界裡，平野大地一直是行屍走肉。所以我來到了這第二輪的世界。」

葉月的表情沒有改變。

但我繼續說。

「我在這第二輪裡學到了很多，深深體認到自己有多麼不成材。只想著CP值，看不起努力，不去面對困難，不正視自己真正的心意……我切身體認到以往自己的人生是多麼糟糕。伊萬里讓我學到追夢的人生有多美妙，涼介讓我學到不害怕失敗而認真的勇氣，宇野讓我學到自己選擇人生的重要——這一切，都是第一輪的我所沒有的。」

星乃聽得茫然。她一定聽不懂我在說什麼。

但現在這樣就好。

「可是，在這個世界——在第二輪，我也做到了一些事情。我救了伊萬里免於車禍，讓涼介找回當醫生的夢想，保住了宇野的寶貝——也從Europa手下救了星乃的性命。讓星乃與真理亞之間恢復母女的感情。這些事，只有這些事，對我來說非常重要，沒有別的東西可以代替，所以我對於來到這個世界，絕對……說什麼也不後悔……」

葉月的身影在空氣的另一頭顯得扭曲。

現在不是哭的時候了。但對我來說，一想起這些心情，我就無法阻止胸口一股熱流上衝。

「我活過來了。」

這是我千真萬確的真實感受。

「我在這個世界被星乃、伊萬里、涼介、宇野、真理亞……拯救了。所以我要活在這個世界，我也只有在這個世界才能活著。我要在這個世界拯救星乃不死在大流星雨，到時候，我才總算能開始自己的人生。這就是我的人生，我沒有別條路可以走了。」

我想，這些事情肯定和葉月無關，就只是我擅自來到這第二輪的世界，擅自改變了過去。

即使是這樣——

「我做了對不起妳的事。」

聽到我這句話，葉月嘴脣一歪。

「我應該更早把我的心意告訴妳。除了星乃以外，我沒有辦法選別人，這件事我應該在進行Space Write的那天——不對，應該要更早，在星乃三年前死去的那一天，就該告訴妳了。我一直漫不經心地接受妳的好意，打亂妳的人生，弄到再也無法挽回的地步……」

這樣的事情不可能得到原諒。但是我……

低下頭。

「對不起……」

一陣風吹過。

喧囂聲、地面上開過的車聲、遠方大樓的工程聲，都多少傳進耳裡。

「……………」

葉月不作聲。

星乃也是一樣。聽我沒頭沒腦講著這些莫名其妙的話，講自己的感情講個沒完沒了，不知道她是聽得傻眼還是被我嚇到。

接下來好一會兒，沉默支配了我們三人。

我面對兩名少女，由衷後悔為什麼不早點把真心話告訴葉月。我是個渣男，但現在即使要讓自己渣上加渣，我也非這麼做不可。

不知不覺間，屋頂上的人幾乎都走了。觀眾差不多都已經去避難，剩下的只有看似工作人員的相關人士。

接著——

「——學長變了。」

葉月開了口。

「剛才……在選秀會……」

她看著已經沒有人的舞台。

「宇野宙海發不出聲音時……學長大聲對她呼喊，根本不管丟不丟臉，大聲地鼓勵她。那不是我認識的學長。」

「這……」

「我認識的學長……」

葉月放在胸前的手緊握得發白。

「總是一臉覺得無聊的表情……」

那是葉月這些年來看到的我。

「連在笑的時候都有點冰冷……說著一些像是參透人生的話，卻連自己都顧不好，也沒有任何未來的展望……」

那是赤裸裸的我的本質。

「但我就是喜歡那樣的學長。」

她耿直地告訴我。

「學長有發現嗎？學長你對誰都不關心，對課業、運動、興趣，對任何事都無法熱衷……但只有和我在一起的時候，不一樣。」

那是連我自己都不知道的，只有葉月看得到的我。

「學長啊，總是酷酷的，像機械一樣，但只要小小的我一跌倒，就會非常不知所措，變得好急，慌忙來救我。我說出任性的要求，學長就會露出為難的表情，卻又拚命為我著想，然後安撫我……這種時候的學長脫掉了平常那酷酷的面具，感覺好溫暖，好有人味……學長那樣的表情一直都只讓我看見。」

她的嗓音發顫。

「學長就只對我好，只有和我在一起的時候，學長才會露出最真實的面孔。只有我知道，學長其實是個很善良的人。所以──」

葉月的聲音裡滿懷感情，就像在表白愛意。

「我一直以為只有我是特別的，以為知道學長真面目的只有我，以為將來會成為學長新娘的人就是我。我一直一直……這麼相信。」

葉月沉重地訴說。我就只是站在原地，承受她的訴說。

「學長對年紀還小的我說了好多星座的事。」

她的聲音帶著點悲傷的音色。

「學長吃我做的便當，吃得津津有味。」

既不責備我，也不誇獎我。
「學長教了我國小的課業。」
就只是像一頁頁翻著回憶的紙頁。
「學長在我跌倒的時候抱起我。」
我心中也有著多得數不清的回憶。
「學長當我累了就揹著我走。」
和葉月稚氣的臉龐一起甦醒。
「學長當我哭泣就借我手帕。」
沒錯，我們一直像兄妹一樣長大。
「學長不管什麼時候都只對我一個人那麼好——」
葉月總是像雛鳥一樣跟著我。
「——可是……」
這時她話鋒一轉。
「學長，變了。在這『第二輪』的世界，整個人的感覺變得有點……跟以前不一樣，但這是一種決定性的不同，怎麼說……是『溫度』上升了，『熱度』增加了。不再嘲笑別人的夢想，而是像剛剛那樣拚命支持。那個只對我好的學長……」
她的眼神動搖。

「不知不覺間，成了對每個人都好的學長。」

她聲音發抖，就像令人悲傷的鈴鐺音色。

「那個對全世界的一切都不關心，只和我有著聯繫的學長……現在對除了我以外的世界也已經敞開心房。那個全世界就只對我一個人好的學長，已經不在了。」

葉月說到這裡，目光低垂，難受地宣告。

「我喜歡的那個學長……已經哪兒也找不到了……」

到底是哪裡錯了呢？

我們到底是在哪個命運的十字路口走錯路了呢？

她讓呼吸穩定一些後……

「以前，我第一次見到學長的日子，學長還記得嗎？」

「咦？」

「我的祖父過世，守靈的那天。我在簷廊哭，結果學長就跑過來跟我說了好多星座的故事。」

她仰望天空。現在還看不見星星，她的眼神像是在看著遙遠的過去。

「那個時候，我們仰望著同一片星空。可是——」

她的眼睛流下紅色的眼淚。

「學長看的星星，和我看的星星，一定不一樣……」

下一瞬間。

葉月的身體緩緩一倒。

倒向屋頂外。

「葉月……！」

我跨步上前，朝少女伸手。她的身體慢慢地被拋向空中，拋向外側的世界，朝著支撐性命的落腳處外側慢慢倒下。「唔喔喔啊啊——」我像野獸似的嘶吼，手一勾住她的衣角，自己也一起縱身而起，從屋頂往外倒掛——

「唔……！」

不知不覺間，我已經握住葉月的手。我就這樣上身騰空，只有膝蓋勉強勾在矮牆上，接著——

「星乃姊……」

葉月瞪大了眼睛。抓住葉月另一隻手的，是星乃。我們現在三個人都頭下腳上，一副隨時都會墜樓的姿勢，上半身騰空，勉強維持住平衡。眼底可以看見的道路上，大卡車看起來就像火柴盒大的玩具車。

「唔……」

我和星乃一起強行但小心翼翼地將葉月拉上來。在讓視野扭曲的恐懼與緊張當中，總算把葉月拉到了屋頂上。

我和星乃對看一眼。

她也喘著大氣，似乎有話想說，但一口氣噎到，到頭來還是沒說話。

星乃站起來。

我也站起來，朝癱坐在地上的葉月伸出手。

「站得起來嗎？」

「…………」

「葉月？」

「為什麼……？」

少女仍然茫然地癱坐在地上不動。

她的眼睛看著星乃。

星乃撇開視線，彷彿有點不高興。

「要是妳死了，真理亞不就會傷心嗎？」

她說得粗魯。

這個回答很有星乃的風格，但葉月低下頭，咬緊嘴脣。

「妳有沒有受傷……？」

我再度伸出手，葉月就看著我，然後悲痛地皺起臉。

「學長……血、血流了，好多……」

「嗯？啊啊，好像有點擦傷。」

屋頂圍牆有些地方比較尖銳，讓我的手腳上弄出了一些擦傷。雖然流著紅色的液體，但我並不怎麼覺得痛。

「…………」

葉月垂下臉，然後也不抓我的手，一滴水珠落到了地上。她的眼淚已經不紅了。

她的側臉顯得有些無助，臉頰濕潤，總覺得突然變得很稚氣——就像是十二歲的原原本本的葉月。

「學長。」

她說話的聲音，彷彿與眼淚一起滴落在地上。

「學長……每次都很奸詐……」

到了這時，我才發現葉月手上拿著手機。她把手機朝向臉——不，是朝向右眼。

「葉月……！」

「再見了，學長。」

最後，她用那仍然有如銀鈴的美聲說了這句話。

直到再見那一天。

接著一陣光掃過。

葉月手機落地，整個人當場癱倒。

「喂……！」

跑過去一看，聽見葉月發出鼾聲。她的鼾聲顯得那麼安祥，讓我鬆了一口氣。

遠方傳來警笛聲，彷彿宣告一切都已經結束。

「我們回去吧，趁地球的警察還沒來。」

「嗯……」

我揹起葉月。

我從背上柔軟的肢體感受著她微微發涼的體溫，自問自答地想著：這樣好嗎？

在入口附近站著一名眼熟的身穿打歌服的少女。

宇野宙海一看到我就用力揮手。

我們這漫長又短暫的一天，就這麼結束了。
葉月一直在睡。

終　章　轉學生

首都圈連續炸彈恐攻案。

這樣一寫就覺得很誇張，但實際上就是如此，所以也沒辦法。從結論說起，這一連串驚動社會大眾的炸彈案，結果是不了了之。找不到凶手，警察當局也仍未找到有力的線索，Cyber Satellite公司也若無其事地繼續營運。

對於炸彈案凶手惑井葉月的處置，則是懸而不決。星乃在事發後絕不責怪葉月，甚至對我說：「這件事要對真理亞保密。」受害人都這麼說了，我只能貫徹保密的態度。當然我也不打算把葉月出賣給警察，但星乃會這麼袒護葉月，說起來還真讓我有點意外。仔細想想，葉月是星乃沒有血緣的妹妹，而妹妹威脅姊姊的這種構圖要是傳進真理亞耳裡，肯定會讓她心痛，造成家庭關係的裂痕。星乃也是仔細考慮後才做出這樣的結論，對此我決定尊重。

葉月在事發幾天後出院，目前活力充沛地在念國中。現在的葉月似乎是「十二歲」的人格，「未來的葉月」則銷聲匿跡。不知道那個葉月是就此消失了，還是仍然留在葉月心中。

然後——

○

一打開校舍屋頂上的門，十二月冰冷的風就迎面吹來。

我打個冷顫，拉緊衣襟，聽見很小聲的旋律。

「喔……」

屋頂的角落站著一名少女。她甩著一頭烏溜溜的黑髮，穿著制服踏著舞步。放在書包上的手機發出樂器演奏的曲子，少女確認似的時而點頭，時而抓著節奏，持續練習舞蹈。聽得見她喊「one, two, three, four」的拍子聲，然後當她來個漂亮的轉身……

「平野同學！」

我們視線交會。

宇野宙海揮著手，關掉手機的音樂，然後跑向我。少女拿下了眼鏡，也放下頭髮，連現在都漂亮得判若兩人，讓我產生了一種偷看到偶像明星上歌舞課的錯覺。

「最近妳一直都在練習耶。」

「嗯！在放學後的課程開始前得先複習過才行。」

宇野笑起來的表情活力充沛。最近就連下課時間，她都會在教室裡看看舞蹈課本，或是用手機看影片。少女已經不再在意別人的視線，專心朝自己的路邁進。
「……選秀會真是遺憾耶。」
「不會。」
少女搖了搖頭，一陣光澤在黑髮上流過。
「我已經盡力了，反而該說能進最終選拔就已經是太好的成績了。而且我開頭就出狀況，被大幅扣分。」
雖然選秀會一時中斷，但之後仍發表了選拔結果。宇野落選。最終選拔，是由特別評審與觀眾的網路投票決定，而宇野總分第八名。一共只有八個人，所以很遺憾地她是最後一名。
「真是嚇了我一跳，大家的歌唱跟舞蹈都是專業級的。不對，當然會這樣了，大家都是想成為專業的偶像明星啊……」
也許是身為朋友的偏袒，但我覺得宇野無論歌唱還是舞蹈都很棒，比起其他參賽者並不遜色。伊萬里為她搭的服裝也非常適合她。這讓我再次覺得懊惱，心想要是沒有一開始的失敗就好了。
但宇野似乎對這種事全不放在心上，顯得十分乾脆。
「接下來妳要怎麼辦？要繼續參加選秀嗎？」
「關於這件事——」

宇野有點鄭重地轉過來正視我。

「我打算試試自己能走到哪。」

少女沒有任何驕傲或害羞，明確地回答。

「我啊，在舞台邊看著其他幾個女生，就有了一個想法……啊啊，大家都好閃亮，好棒。我想大家都遠比我更認真想當偶像，所以我也得更努力才行。你知道嗎？特別評審當中投了一票給我的，就是ＢＯＴ的星葛真夜耶。最後她還來跟我說：『謝謝妳這麼珍惜這首歌。』我跟她握手，才發現她的手好小，身高也比我矮……」

宇野說得有點興奮。「可是啊……」說到這裡，她瞇起了眼睛。

「她的手很小，上臂之類的地方卻有夠結實，而且腹部的六塊肌也明顯得讓我嚇一跳。啊～～她不只是可愛，那種俐落的表演就是靠這些基礎撐起來的。以前我一直很崇拜真夜，覺得她擁有一切我沒有的東西，但那天我切身體認到真夜是透過努力得到那些的。所以啊——」

宇野以堅定的眼神說了。

「我也要努力。」她張開的手掌用力握成拳頭。這讓我覺得她和崇拜的偶像握手而感動的同時，對偶像的感情也已經不再只是「崇拜」，而是將偶像當成她的「目標」。

「妳爸媽怎麼說？」

「爸爸說只要有好好考慮行不通的時候怎麼辦就好；媽媽說至少要去念大學。」

「他們的路線都不會動搖啊。」

「可是，我也不會再動搖了。」宇野得意地一笑。

——沒錯。

不是去上大學就不好，不是公務員不好。不管到公司就業還是自己創業，又或者是其他職業，無論任何職業，只要是自己選的路就很好。由宇野宙海這個少女自己思考，自己煩惱，自己決定，然後選出來的一條路就是宇野的人生。即使在途中失敗、挫折、後悔——這整個過程就是人生，就是這個少女的路。

「真是太好啦……」我由衷這麼覺得。「嗯。」宇野面帶笑容點了點頭。

「平野同學，真的很謝謝你，你是我人生的恩人。」

「別這樣。」被她正經地這麼一說，讓我很難為情。「全都是因為妳自己努力。」

「不是的。我那麼膽小，如果只有我自己，就什麼也做不到。就是因為想到平野同學支持我，我就湧起了一股好強烈的從來不曾感覺過的勇氣。所以即使面對我之前那麼害怕的媽媽，我也能夠光明正大地說出我的意見……所以啊——」

宇野牽起我的手，用力握緊。

「這份恩情，我一輩子都不會忘記。」

「……是嗎？」

她的手上傳來一股溫暖。被少女率真的眼神直視，讓我什麼話都說不出來。

我不知道宇野的將來會怎麼樣。走上當偶像這條路仍然是百分之百確定會失敗的路線，還是說，是至少還剩下百分之零．一可能性的路線呢？只是，之前把自己貶為精神上奴隸的少女，和現在這個在夢想與希望中燃燒的少女，兩者拿來一比較，我就怎麼想都不覺得這個選擇是錯的。真要追根究柢，我自己就是為了改變星乃死去的第一輪命運才來到這裡，那麼想必宇野也應該能憑自己的意志改變命運——現在我想這麼相信。

這時我聽見屋頂的門打開的聲音。

「啊，冥子，咦？啊，已經這麼晚了？」

黑井冥子舉起手錶，宇野就趕緊收拾東西準備回家。總覺得黑井愈看愈像是宇野的祕書。不，以這個情形來說，應該是經紀人？

「那麼，上課時間到了，我要回去嘍。」「嗯，路上小心。」「嗯！」

宇野笑咪咪地說了聲：「我會努力的！」然後就回去了。

「…………」回過神來，發現黑井冥子還留在原地看著我。

當她和我對看，儘管動作非常小，但是……

她朝我點了點頭——我覺得是這樣。

咦？

我懷疑是看錯，但這時黑井已經不在原地。「冥子，怎麼啦？」我聽見宇野說話的聲音，但隨著屋頂的門關上，就再也聽不見了。

——三公園。

當時，告訴我宇野人在哪裡的那通神祕電話，搞不好就是黑井打給我的？——這樣的疑問在腦海中掠過，但我沒有方法可以查證。

我從屋頂仰望著天空。

冬天的風現在吹起來心曠神怡，天空非常清澈。

○

十二月的某一天，完全籠罩在冬季寒氣當中的便宜公寓。

銀河莊二〇一號室的內部充滿了不輸給室外的寒冷，一進去的瞬間，我就打了個噴嚏。雖然不免覺得室內比較冷是怎麼回事，但我早已放棄抗議。「我回來了。」「炸蝦——」「拿去。」少女還沒說完，我就遞出了便當包裹。少女迅速站起，走過來。少女強行撥開大堆破銅爛鐵前進的模樣，就像破壞城市的怪獸。

「好呼（好吃）。」

「先洗個手……來。」無可奈何之下，我遞出濕紙巾。星乃一邊大嚼一邊嫌麻煩地擦手。

十五分鐘左右，我們一心一意地大嚼。

沒過多久，我們兩個都吃完了便當。

「——那麼，差不多該來談談了吧。」

「含吼磨(談什麼)？」

「談我。」

我這話一出口，還在嚼東西的少女立刻停下動作，然後盯著我看。

關於我自己，直到今天，我都沒對她說過多少。最重要的理由是「這件事」對我和星乃而言，將是會大大影響我們未來的重大事項，我自己也需要時間整理想法。

這次我和葉月之間的「事件」，讓我一直覺得已經無法再對星乃隱瞞真相。既然葉月都說出「我是來自十八年後的未來」這句話，我也不能再對自己的事默不作聲。

於是我下定了決心。

「星乃，妳不要嚇到，聽我說。」

「是你太會拖了。要讓我等多久啊？」

「抱歉。」

「然後呢？平野同學到底是什麼來頭？」

少女以眼神要我說下去。

「妳不要嚇到，聽我說。我——」

我直視她的眼睛，靜靜地述說。

「是來自二〇二五年的未來。」

【newcomer】

翌日。

「好了～～大家回到座位～～！」

班長大聲發號施令。班會時間一如往常開始，同學們一邊聊天一邊回到座位上。

宇野站在講台上，黑井在一旁待命。順便說一下，我們班的導師金城老師是個年過半百的教師，但宇野實在太能幹，倒是導師已經把主持班會以及其他各種事情全都丟給她處理。

——我是來自二〇二五年的未來。

昨天，我對星乃這麼說的時候，她睜大了眼睛，然後慢慢地說了聲：「……這樣啊。」不知道她是從我和葉月的談話就有過一番想像，還是在按捺內心的驚愕。不管怎麼說，我把至今的所有事情都一五一十告訴了她，她默默聽我說完。然後她的回答是「讓我考慮一個晚上」——誰也不知道我們今後的關係會有什麼改變。

「呃～～今天有個好消息要跟大家報告。有個新伙伴要加入我們班。」

宇野的發表讓班上一陣竊竊私語。「她說有轉學生要來耶。」「真的假的？」同學們滿懷期待。「那麼空知同學，請進～」

轉學生是個嬌小的少女。

——咦！

「因為家父工作上的需要，我搬到這裡來了。還請各位同學多多關照。」

她深深一鞠躬。

然後，慢慢地——

重新戴好貝雷帽。

○

「喂，給我等一下。」

下課時間，我在走廊叫住了她。

戴貝雷帽的少女轉過身來。

「嗨。」

她對我露出天真無邪的笑容。

「妳打什麼主意？」

「什麼打什麼主意？」

「那還用說？妳還轉學來——」

「『你想問我有什麼目的』？」

——唔。

面對這個還是會直接看穿我心思的魔物，我把話吞了回去。

「嘻嘻……」

她——根據她本人剛剛才報上的名字，是叫「空知伊緒」——露出貓一般慧黠的眼神（註：「伊緒」的羅馬拼音為「IO」）。

「我有事要來這間學校辦。」

我尚未反問是什麼事，她就說出了回答。

那是令我驚愕的事實。

「『我聽說大流星雨的主謀，就在這間高中』。」

（待續）

後記

真的非常感謝各位讀者本次拿起《流星雨》第三集，很高興能再次見到大家。

在這一集裡，描寫到了嚮往成為偶像明星的少女——宇野宙海的夢想。偶像明星——擁有自己所沒有的才能與光環，伸手也碰不到的人物。雖然到了這年頭，漸漸開始報導偶像明星台面下一些意外樸素而狼狽（？）的模樣，但相信在實際的社會上，偶像明星現在與將來，都將是最具代表性的「夢想」職業。

——畢竟偶像信仰似乎是全世界宗教與文化中都很常見的情形……咳，很棒吧。

就像上一集裡她自己說過的這句台詞所說，偶像的語源是拉丁語的「Idola」，最基本的字義是「偶像」。偶像崇拜的那種偶像，也就是將各種沒有實體，但許多人心中都有一定想像的事物，製作成具體的「像」。說到偶像，我想很多人都會想到擅長唱歌跳舞的藝人，但從語源來說，凡是信仰與崇拜的對象，都是「Idol」。在第一集的後記中提到「夢想」時，我把職棒球員、偶像明星、漫畫家、太空人等例子並列，不過從廣受崇拜的職業這樣的角度來看，這些也都是「Idol」，從這種角度來看，這一集裡描寫到的宇野宙海的劇情，也可說不只是個愛作夢的少女，更是最能象徵本系列主題的要素。

這本第三集，也是靠著許多人士的幫助與厚意才得以問世。

責任編輯I氏，本集繼前集之後，再度承蒙您大力相助，也給您添了很多麻煩。從深夜到天亮的送印準備作業，讓我有點想起了高中時代的校慶。

插畫師珈琲貴族老師，和之前一樣為本作提供了美妙的插畫。當封面插畫送到的時候，就讓我「喔喔！」地感受到一種想像化為實體的興奮。每次都承蒙您為作品世界中的這些人物賦予偶像（形體），讓我感激不盡。

書中有「無人機」登場，但要實際讓無人機在市區飛行，就會受到航空法等各種法規的嚴格管制，請一定要找國土交通省當局的窗口諮詢。另外，本集我將「公務員」寫得有點像是壞人，但這終究只是作品主題描寫上的需要。公務員當然也是社會上不可或缺的職業，如果有讀者看了覺得不悅，我謹在此致上歉意。

與本書製作、販賣、通路有關的各位，我要借這個機會向各位致上深深的謝意。

最後，非常感謝各位讀者陪著本系列走到第三集。「夢想」和「宇宙」的故事，從下一集開始終於要漸漸加速。如果各位讀者不嫌棄，願意繼續照看著星乃與大地的奮鬥，那就是萬幸了。

二〇一九年一月　一個冷得令人凍僵的早上　松山剛

三角的距離無限趨近零 1~3 待續

Kadokawa Fantastic Novels

作者：岬鷺宮　插畫：Hiten

我愛上的那個女孩體內住著兩個靈魂——
與雙重人格少女譜出的三角戀愛故事。

春珂想改變我們之間的關係，而秋玻又心疼這樣的春珂，我只好以文化祭執行委員的身分展開行動，卻遇到造就了「過去的我」的庄司霧香。在熱鬧的文化祭背後，她狠狠揭穿了隱藏在我們的戀情中，而且是由我本人隱瞞的謊言。

各 **NT$220/HK$73**

P.S.致對謊言微笑的妳 1~3（完）

Kadokawa Fantastic Novels

作者：田辺屋敷　插畫：美和野らぐ

遙香突然出現在正樹的學校，
不僅失去記憶，連本性也消失了？

遙香為什麼會出現在我的學校？又為什麼失去了與我之間的記憶？更重要的是，為何「遙香的本性消失了」──？為了尋找解決的方法，我試著接近變得莫名溫柔的遙香，在暖意與突兀感中度過每一天。但是在聖誕節當天，遙香說出了令人難以置信的話──

各 **NT$200~220/HK$65~75**

我們不懂察言觀色 1~2（完）

Kadokawa Fantastic Novels

作者：銀 鏡鉢　插畫：ひさまくまこ

讓不懂察言觀色的我們籌劃婚禮？
自由自在的邊緣人們上演的學園破壞系愛情喜劇！

小日向刀彥無視在場氣氛的言行已稱得上是一種災害了。看不下去的學生會長下令，要他與同樣不懂得察言觀色的遺憾系美少女們組成志工社，學習人情世故。隨著解決委託而羈絆更加堅定的志工社，這次要在校慶上替班導師舉行婚禮!?

各 **NT$200/HK$65**

短篇小說創作集 妳我之間的15公分

Kadokawa Fantastic Novels

作者：井上堅二 等20 人合著　插畫：竹岡美穗 等7 人合著

以15公分串聯起你我之間的無限可能……
由總數20名作家聯合執筆的短篇小說傑作集！

也許會發生於明天的，屬於你的「if」的故事。由《笨蛋，測驗，召喚獸》、《文學少女》等總數二十名作家聯合執筆，主題涵蓋「15公分」與「男女」這兩個題目。有懸疑、愛情、奇幻、運動或其他天馬行空的類型，20篇短篇小說傑作集！

NT$280/HK$93

青春豬頭少年不會夢到紅書包女孩

Kadokawa Fantastic Novels

作者：鴨志田 一　插畫：溝口ケージ

酷似童星麻衣的小學生出現在咲太面前？
另一方面，咲太母親表達想見花楓一面……

咲太在七里濱海岸等待麻衣時，酷似童星時代的麻衣的小學生出現在他面前？此外，花楓事件之後就分開住的咲太父親傳達長年住院的母親「想見花楓」的心願。家人的羈絆，新思春期症候群的徵兆——劇情急轉直下的青春豬頭少年系列第九彈！

各 **NT$200~260/HK$65~78**

國家圖書館出版品預行編目資料

在流星雨中逝去的妳 / 松山剛作 ; 邱鍾仁譯 . -- 初版 . -- 臺北市 : 臺灣角川 , 2020.04-
冊 ; 公分 . -- (Kadokawa fantastic novels)
譯自 : 君死にたもう流星群
ISBN 978-957-743-694-8(第 2 冊 : 平裝). --
ISBN 978-957-743-885-0(第 3 冊 : 平裝)

861.57 109001889

Kadokawa
Fantastic
Novels

在流星雨中逝去的妳 3

（原著名：君死にたもう流星群 3）

2020年7月23日　初版第1刷發行

作　　者：松山剛
插　　畫：珈琲貴族
譯　　者：邱鍾仁

發 行 人：岩崎剛人
總 編 輯：蔡佩芬
編　　輯：孫千棻
美術設計：李思穎
印　　務：李明修（主任）、張加恩（主任）、張凱棋

發 行 所：台灣角川股份有限公司
地　　址：105台北市光復北路11巷44號5樓
電　　話：（02）2747-2433
傳　　真：（02）2747-2558
網　　址：http://www.kadokawa.com.tw
劃撥帳戶：台灣角川股份有限公司
劃撥帳號：19487412
法律顧問：有澤法律事務所
製　　版：尚騰印刷事業有限公司
ＩＳＢＮ：978-957-743-885-0